insel taschenbuch 4291

Detlef Bluhm

Nur der Kater war Zeuge

DETLEF BLUHM

Nur der Kater war Zeuge

Erzählungen

Insel Verlag

Umschlagfoto: MedioTuerto/Getty Images

Erste Auflage 2014
insel taschenbuch 4291

Vertrieb durch den Suhrkamp Taschenbuch Verlag
Umschlaggestaltung: Cornelia Niere, München
Satz: Hümmer GmbH, Waldbüttelbrunn
Druck: Druckhaus Nomos, Sinzheim
Printed in Germany
ISBN 978-3-458-35991-3

Inhalt

Kater Tiger

I

Wie jeden Nachmittag sitzt Kater Tiger an seinem Lieblingsplatz im Erdgeschoss des einstöckigen Hauses an der California Avenue Ecke Second Street. Die Herbstsonne brennt auf seinen graugetigerten Pelz. Immer wieder stellt er die Ohrmuscheln nach hinten auf und verfolgt aufmerksam, was Fred in der Küche treibt. Es hört sich an, als würden heute noch Gäste zum Essen kommen. So viel Geklapper und Gebrutzel dringt nur aus der Küche, wenn für mehrere Menschen gekocht wird. Kater Tiger mag keinen Besuch, egal, wer in seinem Revier aufkreuzt. Besucher bringen Unruhe mit sich, und das kann Kater Tiger gar nicht ausstehen.

Von seinem Eckfensterplatz aus hat Tiger über die California Avenue freie Sicht bis hinunter zum Meer. Aber dort geschieht nichts, was sein Interesse weckt. Er verfolgt lieber das Geschehen auf der Straße und in dem kleinen Vorgarten direkt vor seiner Nase, wo manchmal Mäuse auftauchen. Heute hat er noch keine entdecken können. Dafür flitzt ein Eichhörnchen die ganze Zeit ununterbrochen den Haselnussbaum vor dem Fenster hinauf und hinunter, um sich einen Essensvorrat anzulegen. Erst in der Abenddämmerung gönnt sich das kleine Tier Ruhe.

Kater Tiger schreckt hoch, als es plötzlich in der Küche laut klirrt und scheppert. Gleich darauf ist ein dumpfer, schwerer Aufprall zu hören. Er rennt in die Küche. Überall zerschlagenes Geschirr und kaputte Gläser auf den rotbraunen Steinfliesen. Fred liegt am Boden und rührt sich nicht. Er wird sich nie mehr rühren, aber das versteht Tiger nicht. Der zweijährige Kater setzt sich hin und leckt sich mit ruckartigen Kopfbewegungen die Vordertatze. Sein etwas zu buschiger Schwanz peitscht hin und her. Dann hält er inne, um Fred mit leicht zur Seite geneigtem Kopf verwundert anzustarren. Als es klingelt, springt er mit einem Satz zum Küchenfenster hoch. Vor der Wohnungstür stehen zwei Pärchen, die laut miteinander reden und lachen. Er kennt die Menschen und faucht kurz. Es wird immer sehr laut, wenn sie zu Besuch kommen.

»Warum öffnet er denn nicht?«, wundert sich die Frau mit den roten Locken.

»Klopf doch mal am Küchenfenster«, fordert ihr Freund sie auf. »Da brennt Licht.«

Sie geht die paar Schritte über den Rasen und zwängt sich an dem Gebüsch vorbei zum Fenster. Kater Tiger sieht, wie sie sich erschrocken die Hand vor den Mund hält.

Als kurz darauf ein großer Wagen mit schriller Sirene und flackernden Lichtern vor dem Haus hält, springt Kater Tiger vom Fensterbrett und versteckt sich im Wohnzimmer hinter der bodenlangen, dunkelgrünen Gardine. Er hört weitere Autos vorfahren, dann kracht die Wohnungstür auf. Zwei Polizisten begleiten Freds Freunde ins Wohnzimmer. Sie nehmen in der Sitzgruppe Platz. Der ältere Polizist holt einen Block aus der Tasche und macht sich Notizen.

»Vermutlich ein Herzinfarkt«, sagt er. »Das meint der Doc. Auf den ersten Blick jedenfalls.«

Es ist ein ständiges Kommen und Gehen. Kater Tigers Herz pocht heftiger und schneller als sonst. Die vielen Menschen, das flackernde Licht, der am Boden liegende Fred – das ist einfach zu viel für einen Kater, der die Ruhe über alles liebt. Er springt auf, rennt durch den Flur und flüchtet sich ins Freie, ohne bemerkt zu werden. Fred hatte immer darauf geachtet, dass der Kater nicht aus dem Haus entwischen konnte. Kater Tiger flüchtet sich in eine kleine Parkanlage. Dort versteckt er sich unter einem großen Rhododendron. Es dauert eine Weile, bis er sich einigermaßen beruhigt hat.

2

Vier Hauptstraßen begrenzen von nun an Kater Tigers Streifgebiet: Die Ocean Avenue im Süden, die Fourth Street im Norden und die Montana beziehungsweise die California Avenue. In diesem Geviert spielt sich sein neues Leben ab, an das er sich schnell gewöhnt. Zu seinem alten Haus ist er nur noch einmal zurückgekehrt. Als er laut vor der Tür gemaunzt hat, stürmte ein Fremder wütend mit einem Baseballschläger auf die Straße, und wenn Tiger nicht schnell genug gewesen wäre, hätte es ihn wohl erwischt.

Es leben noch ein paar andere Katzen und Kater in seinem Gebiet, das ist in einer großen Stadt wie Santa Monica unvermeidlich. Sie erkennen sich an ihren Duftmarken, begegnen einander aber selten. Ein regelmäßiger und sorgfältig aufeinander abgestimmter Tagesablauf, an den sich alle Katzen strikt halten, sorgt dafür, dass sie sich gezielt aus dem Weg gehen.

Kater Tiger ernährt sich von Abfällen, Mäusen und kleinen Zuwendungen der Menschen. Diese Umstellung ist ihm anfangs nicht leichtgefallen. Doch inzwischen kennt er die Stellen, an denen sich die tägliche Futtersuche lohnt. Tagsüber zieht er sich in den verwinkelten Geräteschuppen eines Hotels in der Third Street zurück, in den er durch eine zerbrochene Glasscheibe gelangt. Jeden Abend verlässt er um sechs Uhr seinen Schlafplatz, um schräg gegenüber, auf der schattigen Terrasse vor dem Eingang eines Apartmenthauses, sein Fell in Ordnung zu bringen. Er hat zwar längst bemerkt, dass im zweiten Stock dieses Hauses einige Fenster Tag und Nacht mit schwarzen Vorhängen zugezogen sind, dem aber keine weitere Beachtung geschenkt. Wozu auch?

Der Herbst ist gekommen, aber ein angenehm lauer Abendwind weht durch die Stadt. Es ist Sonntag und sehr ruhig in der Third Street. Kater Tiger sitzt auf der Terrasse und wäscht sich das Gesicht mit der rechten Pfote. Plötzlich bemerkt er, dass sich einer der schwarzen Vorhänge im zweiten Stock bewegt. Er hält kurz inne, fährt aber, als dort oben nichts weiter geschieht, mit seiner Putzarbeit fort. Kurz darauf öffnet sich die Eingangstür. Kater Tiger schaut schnell, aber ohne nervöse Hast hoch. Er sitzt ein paar Meter weit entfernt, und wenn Gefahr drohen sollte, kann er über ein paar Stufen schnell auf die Straße flüchten.

Eine ältere Frau tritt aus dem Haus. Ihre dünnen, halblangen Haare sind ergraut und wehen leicht im Wind. Sie bewegt sich langsam, als wolle sie den Kater nicht verschrecken. In der Hand hält sie eine Schale. Kater Tiger hebt den Kopf. Der Wind weht den Geruch von Fisch zu ihm herüber. Die Grauhaarige kommt vorsichtig auf ihn zu und stellt die Schale vor ihm ab. Dann geht sie zwei, drei Schritte zurück. Kater Tiger schnuppert und beginnt langsam zu fressen. So herrlich schmeckendes Futter hatte er lange nicht. Er leckt die Schale aus, bis sie blitzblank ist. Die Frau kommt auf ihn zu und hält ihm die rechte Hand hin. Er schnuppert daran und findet ihren Geruch angenehm. Kater Tiger lässt sich gern von ihr streicheln. Lange ist er nicht so sanft gestreichelt worden. Er drückt seinen Kopf laut schnurrend gegen ihre Hand, und sie krault ihn kräftig.

Kater Tiger braucht sich von nun an um sein täglich Brot nicht mehr zu sorgen. Seit diesem Sonntag füttert ihn die nette Grauhaarige am Morgen und am Abend, jeweils um sechs Uhr. Jeden Tag, jede Woche, jeden Monat. Jahrelang. Sie macht nie Urlaub.

3

In dem Hotel, dessen Geräteschuppen Kater Tigers neues Zuhause geworden ist, wohnt seit einigen Wochen Anna, eine hochgewachsene, blonde Frau. Sie hat in Santa Monica als amtierende *Miss Island* an den Wahlen zur *Miss Universe* teilgenommen, aber keinen vorderen Platz erringen können. Doch das trübt ihre Stimmung nicht. Seit Wochen ist sie ausgesprochen gut aufgelegt. Sie singt, tanzt und schauspielert und ist der Mittelpunkt auf allen großen Partys. Es geht ihr gut in Santa Monica. Sehr viel besser als im kalten Reykjavík, ihrer grauen Heimatstadt, in der jetzt bereits der Winter das Zepter in die Hand genommen hat.

Die blonde Frau aus Island mit den blassblauen Augen erwacht früh am Morgen und zieht die Vorhänge auf. Sie beobachtet, wie eine grauhaarige Frau auf der Terrasse des Apartmenthauses schräg gegenüber einen getigerten Kater füttert. Das Tier erinnert sie an ihren Kater in Reykjavík. Auch Jónson ist ein Graugetiger-ter, und sie vermisst ihn sehr. Sie beobachtet die beiden, bis die Frau wieder ins Haus geht und der Kater in Richtung der Montana Avenue verschwindet.

»Aha, das ist wohl ein Streuner«, denkt sie und ist berührt von der Fürsorge der Grauhaarigen.

Nach einem Drehtermin für einen Werbespot kommt sie erschöpft um sechs Uhr abends in ihr Hotel zurück. Und wieder hockt der Kater auf der Terrasse und wird von der alten Dame gefüttert. Anna wechselt spontan die Straßenseite und steigt die Treppen zu der Terrasse hoch.

»Entschuldigen Sie, ich habe heute Morgen schon gesehen, wie Sie den Kater gefüttert haben. Ist der kleine Kerl ein Streuner?«

Als die grauhaarige Frau sie etwas irritiert, ja, fast verängstigt anschaut, bereut Anna, sie angesprochen zu haben. Kater Tiger faucht leise, als er die fremde Stimme hört, lässt sich dann aber nicht weiter stören.

Er ist hungrig und das zarte Rindfleisch ganz nach seinem Geschmack.

»Ja, ein Streuner«, antwortet die Grauhaarige mit unsicherer Stimme. »Ich füttere ihn jeden Tag. Morgens und abends. Immer um sechs Uhr. Man kann die Uhr nach ihm stellen.«

»Entschuldigen Sie, ich heiße Anna«, sagt die Isländerin und reicht der alten Dame die Hand.

»Carol«, antwortet die Grauhaarige und ergreift Annas Hand mit geringem Druck. »So nenne ich ihn auch, Streuner. Das geht schon jahrelang so.«

»Der Kleine erinnert mich so sehr an Jónson, meinen Kater in Reykjavík. Ich vermisse ihn sehr.«

4

Kater Tiger kehrt nach seinem nächtlichen Streifzug noch einmal in den Geräteschuppen zurück. Die Zeit für seine Morgenmahlzeit ist noch nicht gekommen. Er springt vom Fenstersims auf den kleinen Tisch und von dort auf den Boden. Ein ungewöhnliches Geräusch setzt ihn in Alarmbereitschaft. Seine Pupillen weiten sich. Tiger sitzt bewegungslos neben dem Tisch und entdeckt die riesige Ratte, die vor den Gartengeräten direkt neben der Tür kauert und ihn feindselig anstarrt. Die beiden belauern sich ein paar Minuten. Sie wissen, dass ihnen ein Kampf mit ungewissem Ausgang bevorsteht. Tiger schnuppert. Die Ratte verströmt diesen warmen Geruch, der seine Bereitschaft zum Töten steigert, auch wenn dieser Gegner sehr gefährlich ist. Noch nie ist er einer so großen Ratte begegnet. Aber der Geräteschuppen ist Tigers Reich, sein Zuhause, das es zu verteidigen gilt.

Auch die Ratte weiß, dass *sie* der Eindringling ist. Sie hat den Kater schon gerochen, bevor er auftauchte. Im ganzen Schuppen riecht es nach ihm. Aber ihr Hunger hat sie dazu getrieben, hier nach Futter zu suchen. Sie hat sich durch ein kleines Loch in der Holztür gezwängt, ihr einziger Ausweg. Um ins Freie zu entkommen, muss sie dem Kater kurz ihren Rücken zudrehen. Sie muss sehr schnell sein. Sie rennt los, um ihr Leben.

Als sie sich bewegt, springt Kater Tiger. Schon im Sprung stellt er seine Schnurrhaare vor und reißt sein Maul auf. Tiger erwischt die Ratte kurz vor der Holztür. Seine spitzen Fangzähne bohren sich tief in das Muskelfleisch der mächtigen Gegnerin. Aber er hat sie nicht richtig packen können. Die Ratte fiept, wehrt sich mit ihren scharfen Nagezähnen und versucht, den Kater abzuschütteln. Sie verbeißt sich in seine Vorderpfote. Das ist ihr entscheidender Fehler. Blitzschnell umschließen Tigers Schnurrhaare wie feine Sensoren zum zweiten Mal den Nacken der Ratte und registrieren die genauen Umrisse ihrer Schwachstelle. Im Bruchteil einer Sekunde erfolgt jetzt der genaue Zubiss, der der Ratte das Halsmark durchtrennt.

Kater Tiger lässt kurz von ihr ab, um einen lauten, kehligen Schrei auszustoßen. Es ist kein Triumph, sondern Erleichterung. Dann greift er die tote Ratte mit den Zähnen und schüttelt sie hin und her. Schließlich packt er sie im Nacken, springt mit dem schweren Tier über den Tisch zum Fenster und lässt es ins Gras fallen. Der Schuppen gehört wieder allein ihm. Erst jetzt leckt er sich sorgfältig die tiefe Wunde, die ihm die Ratte in die rechte Vorderpfote gebissen hat.

Kater Tiger überquert die Straße. Er zieht die schmerzende Pfote ein wenig nach. Auf der Terrasse stehen die beiden Frauen und unterhalten sich. Tiger fällt über seine Schale her, als hätte er tagelang nichts gefressen.

»Mein Mann leidet an Alzheimer«, sagt die Grauhaarige, als Anna sich nach ihm erkundigt. Sie hat ihn ein paarmal gemeinsam mit seiner Frau auf der Terrasse gesehen. »Deshalb geht er nie aus. Er befürchtet, sich zu verlaufen.«

»Carol könnte doch mit ihm gehen«, denkt Anna. Aber sie möchte nicht unhöflich nachfragen. Vielleicht geht es ihm schlechter, als ihre Nachbarin zugeben möchte.

»Nur hin und wieder kommt er mit vor die Tür, um

dem Streuner beim Fressen zuzuschauen. Auch er hat den Kater liebgewonnen.«

Anna schaut auf die Uhr. Ihr Flugzeug geht in wenigen Stunden. Sie verabschiedet sich von der Grauhaarigen und auch von Kater Tiger. Sie wird die beiden nie wiedersehen. Denkt sie.

5

Viele Monate später, am 21. Juni 2011, sitzt Anna im Wohnzimmer ihres kleinen Hauses in der Vesturgata, einer Straße unweit von Reykjavíks Hafen. Der graugetigerte Jónson hat sich auf ihrem Schoß eingerollt und schnurrt behaglich. Anna trinkt einen Schluck Rotwein, greift zur Fernbedienung und schaltet das Fernsehgerät ein. Auf CNN läuft eine Sendung über die Ermittlungsmethoden des FBI. Anna legt die Fernbedienung beiseite und schaut sich das Programm an.

Der Reporter berichtet über die vergebliche Suche des FBI nach einem der meistgesuchten Verbrecher Amerikas und seiner Frau. Beide befinden sich seit sechzehn Jahren auf der Flucht. James Bulgars Strafregister ist fast so lang wie das Gesetzbuch selbst. Ihm werden mindestens neunzehn Morde zur Last gelegt, dazu Erpressung, Bestechung, Drogen- und Menschenhandel, organisierte Kriminalität und vieles mehr. Nach dem Tod von Osama bin Laden avancierte

James Bulgar sogar für kurze Zeit zum *Americas Most Wanted*, zum meistgesuchten Verbrecher der Vereinigten Staaten von Amerika – eine fragwürdige, aber ziemlich seltene Ehre. Nach dem ausführlichen Bericht zeigt CNN ein Fahndungsplakat, auf dem das Paar abgebildet ist.

Die Fotografien sind über sechzehn Jahre alt, aber Anna erkennt die beiden sofort. Sie verscheucht Jónson von seinem behaglichen Platz, eilt zu ihrem Schreibtisch und notiert sich die eingeblendete Telefonnummer. Sie kennt das Apartmenthaus, in dem sich *Americas Most Wanted* seit sechzehn Jahren versteckt, und ruft beim FBI an. Es geht immerhin um eine Belohnung von zwei Millionen Dollar.

Am Tag darauf werden James Bulgar und seine Frau Catherine während einer spektakulären Aktion auf einer Terrasse in der Third Street, Hausnummer 1012, festgenommen. Obwohl sie im Besitz zahlreicher Revolver und Gewehre sind, leisten sie keinen Widerstand.

Kater Tiger flüchtet während der Verhaftung. Für ihn ist es ein trauriger Tag, er muss sich nun eine neue Futterquelle suchen.

Daydreamer

Als ich Daydreamer zum ersten Mal sah, war die braune Stute zwei Jahre alt. In diesem Frühjahr sollte ich zum Auftakt der Galoppsaison in Hoppegarten White Cloud reiten, einen dreijährigen Schimmel. Ich hatte ihn aufgesattelt und traf zur verabredeten Zeit auf der Bollensdorfer Trainierbahn ein. Daydreamer – ich habe das Bild noch heute vor meinen Augen – stand am Rand der Bahn abseits der anderen Pferde an einem Holzzaun und schmuste mit einer Katze! Anders kann ich es kaum sagen. Daydreamer rieb ihren Kopf an der pechschwarzen Katze, die dadurch mehrmals vom Zaun zu stürzen drohte. Aber die Katze wahrte geschickt ihr Gleichgewicht und stemmte sich dem Pferdekopf entgegen, der viel größer war als sie selbst. Es bedurfte einiger energischer Maßnahmen des Trainers, um Daydreamer zu bewegen, mit uns die Morgenarbeit aufzunehmen. Daydreamers Mähne und Schweif waren schwarz, aber eher spärlich. Ihre Figur wirkte im Vergleich zu den anderen Vollblütern in unserem Lot weniger elegant – um es freundlich auszudrücken. Manchmal blieb sie plötzlich seelenruhig stehen und ließ den Kopf hängen. Sie machte ihrem Namen alle Ehre und versetzte kein Jockeyherz in Aufregung. Wirklich nicht. Und trotzdem hatte sie etwas. Manchmal preschte sie völlig unerwartet mit einer unerhörten Geschwindigkeit los, aus dem Stand oder mitten im Lauf, wie ein bulliges, nicht zu bremsendes Kraftpaket. Aber spätestens nach hundert Metern ließ sie unvermittelt nach. *Die hält keine tausend Meter durch*, dachte ich. Ich sollte mich irren.

Ich habe Daydreamers Karriere in den nächsten Monaten nicht weiter verfolgt. Doch im Herbst erhielt ich einen Anruf. Ob ich die Stute am 3. Oktober in Hoppegarten reiten würde? Es ging um ein unbedeutendes Rennen, das sechste des Tages. Dem Sieger winkten nicht einmal dreitausend Euro. Aber da ich an diesem Tag schon für drei andere Rennen in Hoppegarten gebucht war und die Jockeys für das sechste Rennen bereits feststanden, sagte ich zu. Ich legte auf und druckte mir die Pferdestammdaten von Daydreamer aus. Immerhin schien sie auf den dritten Platz abonniert zu sein. Fünf Starts verzeichnete ihre Statistik, fünf dritte Plätze, von fünf verschiedenen Jockeys geritten. Gewinnsumme knapp zehntausend Euro. Erstaunlicherweise sollte dies ihr erster Start in Hoppegarten sein, ihrem Heimatstall.

Der 3. Oktober war ein ungewöhnlich milder und sehr sonniger Tag. Es wehte ein leichter Ostwind, und das

Geläuf war trocken. Ich hatte bereits zwei Rennen gewonnen, war also gut aufgelegt. Bis ich Daydreamer zum Gang in den Führring in Empfang nahm. Die Braune machte einen gelangweilten Eindruck. Während die anderen Pferde vor Anspannung unruhig tänzelten, ihre Nüstern blähten und schnaubten, trottete Daydreamer unbeirrt durch den Führring und zeigte keine Gemütsregung. Keine Rennlaune, keine Wettkampffreude, keine Siegeslust. Gar nichts. Ich machte mir deshalb auch keine großen Hoffnungen. Das Rennen ging über die Distanz von zweitausendzweihundert Metern. Daydreamer ließ sich überraschend gut reiten, und ich hielt mich bis zum Dahlwitzer Bogen in der Mitte des Feldes von insgesamt zwölf Startern. Vor der Zielgerade versuchte ich einen Vorstoß an die Spitze, aber meine braune Stute verfügte wohl über keine Kraftreserven mehr. Am Ausgang der Zielkurve hielt ich mich links vom Feld, um eine gute Position für den Schlussspurt einzunehmen. Sechs Pferde lagen vor uns, aber Daydreamer ließ immer noch keinen Willen erkennen, ihre Gegner ernsthaft anzugreifen. Ich hakte das Rennen ab. An der Dreihundert-Meter-Marke hatte sich unsere Position im Feld nicht verändert. Ich konzentrierte mich auf die Ziellinie. Und plötzlich sah ich die Katze. Sie saß unbewegt mitten auf dem Geläuf hinter der Ziellinie. Ihr pechschwarzes Fell hob sich gut sichtbar vom satten Grün des Turfs ab. Daydreamer sah sie offensichtlich auch. Die Stute beschleunigte ihr Tempo. Nein, sie beschleunigte nicht, es riss sie förmlich nach vorne. Als wollte sie ihrer kleinen Freundin zeigen, zu welcher Leistung sie in der Lage sei, flog sie an den anderen Pferden vorbei. Mir war völlig schleierhaft, woher die Stute plötzlich diese Kraft nahm. Ich konnte die Worte des Rennkommentators über die Lautsprecher nicht genau verstehen, hörte aber, wie sich seine Stimme zu überschlagen begann. Einhundert Meter vor dem Ziel hatten wir alle anderen Starter hinter uns gelassen, und Daydreamer wurde noch schneller. Auf den Tribünen saß niemand mehr. Die über zwanzigtausend Besucher feuerten uns begeistert an. Die Katze sprang im letzten Moment zur Seite, und Daydreamer ging mit sieben Längen Vorsprung unangefochten als Siegerin durchs Ziel, begleitet vom tosenden Aufschrei der Turfgemeinde.

»Es war die Katze«, sagte ich zu Daydreamers Trainer und Besitzer, als wir nach den Rennen auf der Clubtribüne bei einem Imbiss zusammensaßen. Beide hatten mich um eine Erklärung für den überraschenden Sieg gebeten.

»Diese Scheißkatze?« Hans wollte es nicht glauben. Der Trainer von Daydreamer geriet fast in Wut. »Ich nenne sie die schwarze Pest. Die Streunerin ist Tag und Nacht bei Daydreamer. Die beiden sind kaum zu trennen. Es kommt sogar vor, dass ich Daydreamer nicht zum Training bekomme. Ich wollte die Katze schon umbringen.«

Nachdem ich ausführlich den Verlauf meines Rennens geschildert hatte, beschlossen wir, Daydreamer im kommenden Jahr zum Diana-Trial und zum Großen Preis von Berlin anzumelden, den bedeutendsten Rennen der ersten Jahreshälfte in Hoppegarten. Daydreamer gewann beide Prüfungen ganz souverän. Wie bei unserem ersten gemeinsamen Rennen wartete die Katze hinter der Ziellinie, und Daydreamer lief erst zur Höchstform auf, wenn sie ihre kleine Freundin sah.

Beim Deutschen Derby Anfang Juli in Hamburg konnte Daydreamer wegen einer Sehnenentzündung nicht starten. Doch vier Wochen später war sie wieder fit. Ich nutzte ein paar freie Tage zu einem längst fälligen Experiment und fuhr nach Hoppegarten. Wir führten Daydreamer in einen Pferdeanhänger und warteten ab. Tatsächlich dauerte es nicht lange, bis die schwarze Katze ihr folgte. Dann verschlossen wir die Tür und fuhren nach Baden-Baden auf die Iffezheimer Rennbahn. Wir hatten Daydreamer für den Großen Preis von Baden-Baden gemeldet, der Ende August ausgetragen werden sollte. Wir ließen beiden Tieren einen Tag Zeit, um sich von der Reise zu erholen. Am nächsten Morgen begann ich mit dem Training, und die schwarze Katze setzte sich, als wir auf der Bahn ritten, tatsächlich wieder hinter die Ziellinie. Katzen sind eben Gewohnheitstiere. Daydreamer gewann schließlich auch den Großen Preis, und nun hatten wir nur noch ein Ziel vor Augen: Den Prix de l'Arc de Triomphe in Paris, der seit 1920 am ersten Sonntag im Oktober ausgetragen wird. Es ist das bedeutendste Rennen der Welt, die inoffizielle Weltmeisterschaft des Galopps. Wir griffen nach den Sternen.

Beim Prix de l'Arc de Triomphe starteten auch in diesem Jahr die besten Pferde aus den bedeutendsten Ställen der Welt: Muhammad bin Raschid Al Maktum, der Herrscher Dubais, war mit den erfolgversprechendsten Vollblütern seines Stalls Godolphin genauso vertreten wie der schnellste Dreijährige des japanischen Besitzers Teruya Yoshida. The Royal Stud, der Stall des englischen Königshauses, hatte einen Hengst gemeldet, der bei den Londoner Buchmachern als Favorit gewettet wurde. Kurz vor dem Rennen standen Daydreamers Quoten bei eins zu dreihundertfünfundachtzig. Wir nahmen also den Rang eines Außenseiters ein, der bestenfalls belächelt, von den meisten Wettern aber schlicht ignoriert wurde.

Ich traf am Mittwoch vor dem Arc in Hoppegarten ein und fand Daydreamer in der mir schon vertrauten phlegmatischen Stimmung vor, die mich längst nicht mehr beunruhigte. Die schwarze Katze strich um sie herum und fauchte mich an, als ich die Stute liebevoll streichelte. Ach so, ich vergaß zu erwähnen, dass die Katze keinen Menschen an sich heranließ und sehr eifersüchtig reagierte, wenn sich jemand ihrer großen Freundin näherte.

Ich hatte inzwischen ein paar Bücher über Katzen gelesen und so erfahren, dass Katzenfreundschaften mit anderen Tieren nicht ungewöhnlich sind. Im Gegenteil. Vögel, Affen, Hunde, Kaninchen, Füchse, Bären, ja sogar Elefanten, um nur einige zu nennen, zählen zu den Tieren, über die innige Freundschaftsbeziehungen mit Katzen verlässlich überliefert sind. Eine Erklärung für dieses erstaunliche Verhalten von Katzen habe ich allerdings nicht gefunden. Doch ich will nicht abschweifen.

Daydreamer freute sich, mich zu sehen, und wir begannen sogleich mit dem Training. Na ja, Training ist vielleicht übertrieben. Man konnte mit Daydreamer überhaupt nicht trainieren. Ich ritt sie zahlreiche Runden und stellte zufrieden fest, dass sie rundum gesund und ohne jegliches Handicap war. Am nächsten Morgen verluden wir Daydreamer und die Katze in den Pferdewagen und machten uns auf den Weg nach Paris, wo wir am späten Abend eintrafen.

Wir wurden von den anderen Trainern und Besitzern, Jockeys und Stalljungen mit herablassender Aufmerksamkeit bedacht. Hier ein freundliches Nicken, da ein aufmunterndes Wort. *Dabei sein ist alles. Nice to see You. Bonne chance*. Zum Glück blieb in den ungeheuer hektischen Tagen vor dem Rennen die schwarze Katze so gut wie unbemerkt. Wir bewegten uns in den Tagen vor dem Arc an der Peripherie des Geschehens. Im Zentrum des Interesses und der Erwartungen standen andere. Damit waren wir sehr zufrieden. Am Abend vor dem großen Tag besuchte ich Daydreamer nur kurz. Diesmal fauchte die Katze mich nicht an. Sie wich zwar vor mir in die Stallecke zurück, hatte sich aber inzwischen offensichtlich ein wenig an meine Anwesenheit gewöhnt. Was soll ich weiter sagen? Noch heute wächst in mir eine bleierne Traurigkeit, wenn ich an diesen stillen Abend zurückdenke.

Am Mittag des Renntages brach die Sonne durch. Die Wolken lichteten sich. Als das Rennen startete, war Longchamp in gleißendes Licht getaucht. Kaum ein Windhauch kam auf, und das Geläuf war feucht, aber nicht zu tief. Ich kam mit Daydreamer gut aus der Starterbox und hielt mich, wie in den Rennen zuvor, die ersten eintausendfünfhundert Meter in der Mitte des Feldes. Daydreamer lief gut, ich spürte sogar, dass es sie an die Spitze des Feldes drängte. Aber noch hielt ich sie zurück. Ich wollte erst im Schlussbogen angreifen. Meine Sorge galt nicht der Stute, sondern der Katze. Würde sie wieder hinter der Ziellinie auf ihre Freundin warten?

Etwa in der Mitte des Zielbogens befand ich mich von vier Pferden eingekeilt in der Innenseite des Feldes. Das war eine ungünstige Ausgangsposition. Es gelang mir, mit Daydreamer auf die Außenseite zu kommen, doch wir fielen um vier oder fünf Plätze zurück. Als wir auf die Zielgerade einbogen, lagen zehn Pferde vor uns im Feld. Jetzt ließ ich Daydreamer freien Lauf, und sie legte an Geschwindigkeit zu, aber längst nicht genug, um der Spitze des Feldes gefährlich werden zu können. Ich starrte auf die Ziellinie, konnte die schwarze Katze jedoch nicht sehen. Ich fluchte innerlich und versuchte, mich auf das Rennen zu konzentrieren. Dreihundert Meter vor dem Ziel schoss die Katze plötzlich von links auf das Geläuf und setzte sich hinter die Linie. Durch Daydreamer ging augenblicklich ein Ruck. So ist vermutlich noch nie ein Pferd auf der Welt gelaufen. Spätere Messungen ergaben, dass wir die restlichen dreihundert Meter des Rennens in weniger als siebzehn Sekunden zurücklegten. Daydreamer brach den bisherigen Bahnrekord auf Longchamp.

Zweihundert Meter vor dem Ziel übernahmen wir die Führung, und niemand konnte uns den Sieg mehr streitig machen. Die Anfeuerungsrufe auf der Tribüne verstummten schlagartig. Niemand hatte mit Daydreamer gerechnet. Mehrere Millionen Euro waren verwettet worden. Als wir über die Ziellinie flogen, erscholl ein enttäuschtes Raunen von der Tribüne.

Ich ließ Daydreamer langsam auslaufen und tätschelte begeistert ihren Hals. Wie in den Rennen zuvor kehrte sie bald um. Sie strebte zurück zur Ziellinie, zu ihrer Freundin. Aber etwas war anders als sonst. Ohne zu wissen warum, verdrängte ein mulmiges Gefühl meine Freude über unseren sensationellen Sieg. Dann erst bemerkte ich am Rand des Geläufs ein paar Stalljungen, die einen Kreis bildeten und betreten in dessen Mitte starrten. Wir hielten auf die Gruppe zu, und als wir sie erreichten, öffneten die Jungen den Kreis und wichen zurück. Die Katze lag bewegungslos im Gras. Ich sprang ab und strich mit der Hand zum ersten Mal über ihr weiches Fell. Daydreamer senkte ihren Kopf und stubste die Katze an, doch sie bewegte sich nicht. Der kleine Körper war noch warm, aber das Leben war aus ihm gewichen. Daydreamer riss den Kopf hoch und wieherte mit so tiefer Stimme, wie ich es nie zuvor von einem Pferd gehört hatte. Sie begann am ganzen Körper zu zittern und bewegte sich keinen Schritt. Hans kam zu uns gerannt und wollte Daydreamer zum Absattelplatz führen, doch sie war nicht von der Stelle zu bewegen. Ich ließ mir ein Handtuch bringen und wickelte den Leichnam darin ein.

Später erhielt ich ein Amateurvideo. Die Katze war kurz nach unserem Zieleinlauf plötzlich noch einmal auf das Geläuf gesprungen. Hatte eine Maus ihren Jagdtrieb entfacht? Oder wollte sie hinter Daydreamer herrennen? Wir werden es nie erfahren. Die Katze wurde vom Vorderhuf des letzten Pferdes in die Luft geschleudert und blieb reglos im Gras liegen.

Ich erinnere mich nicht mehr an die Siegerehrung. Bis heute habe ich sie mir nicht einmal angeschaut, und ich werde es wohl nie tun. Daydreamer stand noch stundenlang an der Unglücksstelle. Irgendwann ist es Hans gelungen, sie in die Stallung zu führen. In den folgenden Wochen haben wir versucht, was in unseren Kräften stand.

Doch Daydreamer hat nie mehr eine Rennbahn betreten.

Karl, der Schiffskater

Ich kroch schlaftrunken aus meinem sackförmig zusammengenähten Wolfsfell hervor, kam langsam auf die Beine und lehnte mich gegen die Reling. Die *Peter von Hamburg* glitt bei ruhiger See und gutem Wind zügig an Langeoog vorbei. Wir näherten uns Baltrum. Beide Inseln tauchten nur schemenhaft im dichten Morgennebel auf, der sich bis zur Küste zu erstrecken schien. Unsere Kogge war vor gut vierundzwanzig Stunden in der Hansestadt ausgelaufen. Wir befanden uns auf dem Weg nach London und hatten fast achtzig Tonnen Weizen geladen. Dazu noch Pelze, Wachs und Salz. Ich wollte noch vor Dienstbeginn meinen Schlafsack präparieren, damit er geschmeidig und wasserabweisend blieb. Weil im Laderaum kein Platz für uns war, schliefen wir alle an Deck. Na ja, fast alle. Der Kapitän und der Steuermann und selbstverständlich auch der Kaufmann schliefen in eigenen Kojen. In denen war es zwar so eng wie in einem Fuchsbau, sie boten aber immerhin ein Dach über dem Kopf. Unser Dach war der Himmel. Da war ein wetterfester Schlafsack schon etwas wert. Während ich ihn kräftig einfettete, schaute Kater Karl kurz bei mir vorbei.

Unser Schiffskater war auf seinem morgendlichen

Weg in den Laderaum, um dort seiner Aufgabe nachzugehen: der Jagd nach Mäusen und Ratten. Karl hatte wie ich vor einem Jahr in Emden auf der *Peter von Hamburg* angeheuert und verrichtete seinen Dienst zu unserer Zufriedenheit.

Karl war ein schwarzer Kater mit weißen Flecken auf Brust und Rücken. Tag und Nacht beschäftigte er sich damit, die Ladung und Vorräte gegen die immer hungrigen Nagetiere zu verteidigen. Wenn er nicht gerade ruhte. Auch Schiffskatzen pflegen einen Gutteil des Tages mit Nichtstun zu verbringen. Dennoch war seine mörderische Tätigkeit so ertragreich, dass kein Besatzungsmitglied ihn zu stören wagte, wenn er schlafend oder dösend in seiner kleinen Hängematte lag, die der Smutje für ihn aus Segeltuch angefertigt und in der Schräge vor seiner Kombüse aufgehängt hatte. Während eines Landausfluges in Bremerhaven vor acht Monaten hatte Karl bei einer wüsten Prügelei mit einem Landkater sein linkes Auge verloren, aber sein jägerisches Geschick dadurch nicht eingebüßt. Das hat den Respekt der Mannschaft ihm gegenüber noch erhöht. Die meisten von uns lieben Schiffskatzen aber nicht nur wegen ihrer Nützlichkeit. Viel mehr fasziniert uns ihre sprichwörtliche Eigensinnigkeit, denn wir müssen uns den strengen Regeln an Bord bedingungslos unterwerfen.

Karl hatte außerdem die Angewohnheit, totgebissene Ratten und Mäuse, die er nicht verzehrte, auf dem Großdeck abzulegen. Sein Vorgänger, der, wie ich hörte, bei einem Sturm vor dem Ijsselmeer unbemerkt über Bord gegangen war, hatte sie einfach irgendwo im Laderaum liegen gelassen. Deshalb hatten sich die Matrosen oft auf die Suche nach den stinkenden Überbleibseln der erlegten Nager begeben müssen. Aber diese Zeit war glücklicherweise seit Karls Ankunft auf der *Peter von Hamburg* vorbei.

Kaum war der Kater unter Deck verschwunden, schlug der Matrose im Krähennest Alarm: Piraten. Genauer gesagt, sahen wir eine Kogge am Horizont, also noch ziemlich weit entfernt. Man konnte auf diese Distanz unmöglich feststellen, ob es eine Piratenkogge oder ein Handelsschiff war. Doch schon bald wussten wir, dass es ein Piratenschiff war. Erstens nahm es Kurs auf uns, zweitens kam es zügig näher, war also unbeladen. Keine Handelskogge fährt ohne Güter durch die Nordsee.

Was soll ich sagen? Der Kampf war blutig und verlustreich, aber schnell entschieden. Wir hatten keine Chance; die Piraten waren kampferprobt, besser bewaffnet und in der Überzahl. Nach dem Tod unseres Kapitäns legten wir die Waffen nieder – und wir erschraken, als wir den Namen des Anführers der Piraten vernahmen: Klaus Störtebecker. Wir mussten unsere Toten und die schwer Verwundeten ins Meer werfen und uns den Piraten anschließen. Nicht aus Überzeugung, sondern um nicht selbst im Meer zu landen.

Klaus Störtebecker trug seine langen roten Haare zu einem Zopf geflochten. Er ließ uns in einer Reihe antreten, um uns eingehend mit seinen grünen Augen zu mustern. Sein braunes Leinenhemd war blutbesudelt. Er schien mit uns zufrieden und winkte mich zu sich.

»Wie nennt man dich, Schiffsjunge?«

»Jan«, antwortete ich mit belegter Stimme.

»Jan, du kommst mit mir.«

Ich folgte ihm in seine Kajüte. Er zog Hemd und Hose aus und trug mir auf, die Kleider zu waschen. Sein Steuermann erschien in der Tür, und Störtebecker ordnete Kurs auf die Stadt Norden an. Dort würden wir, wie ich später erfuhr, Keno tom Brok treffen, den ostfriesischen Häuptling, der den Piraten an der Nordseeküste Unterschlupf und die Möglichkeit gewährte, ihr Raubgut auf Märkten zu verkaufen.

Gerade wollte ich die Kapitänskajüte wieder verlassen, als ich wohlvertraute Laute hörte. So kehlig, schreiend und fordernd maunzte nur Karl, unser Schiffskater. Er schaute meckernd aus der halboffenen Schublade unter Störtebeckers Matratze hervor und sah den Piraten argwöhnisch an. Mich würdigte er keines Blickes, so als wüsste er, dass sich die Verhältnisse geändert hatten. Karl musste sich während des Kampfes irgendwie auf das Piratenschiff geflüchtet und im sicheren Versteck der Schublade verborgen haben. Als Störtebecker laut über den Kater lachte, zog Karl den Kopf ein. Der Pirat verstummte augenblicklich. Er hatte im Lauf der Jahre bestimmt schon einige Katzen auf seinen Schiffen gehabt und wusste wohl, dass die Tiere in neuer Umgebung sehr vorsichtig sind. Er befahl mir, seine Kleider wieder hinzulegen und aus der Kombüse Futter für den Kater herbeizuschaffen. Störtebecker erwartete mich am Eingang seiner Kajüte, nahm mir die Futterschale ab und stellte sie vor die Schublade. Dann setzt er sich abwartend auf einen Stuhl und gab mir zu verstehen, mich ebenfalls ruhig zu verhalten.

Kurz darauf sprang Karl mit einem so vorsichtigen wie eleganten Satz aus der Schublade und landete mit den Vorderpfoten genau vor dem Fressnapf. Er schaute Störtebecker prüfend an. Als der regungslos auf seinem Stuhl verharrte, begann Karl zu fressen. Dabei warf er immer wieder einen Blick auf Störtebecker. Mich beachtete er kaum. Nachdem der Napf geleert war, ging Karl auf den Piraten zu und strich ihm mit erhobenem Schwanz um die Füße. Er hatte schnell begriffen, wer sein Futtergeber war! Der Smutje der *Peter von Hamburg* hätte Karl jetzt wohl enttäuscht einen Verräter genannt. Aber erstens lassen sich Katzen von solch moralischen Erwägungen nicht leiten und zweitens war der Smutje im Kampf gefallen.

Wir trafen mit Störtebeckers Kaperschiff und der *Peter von Hamburg* am späten Nachmittag in der Leybucht ein. Ein kleiner Fluss, der in Norden *Galgentief* hieß, verband die Stadt mit der Nordsee. Nachdem die beiden Schiffe im Hafen von Norden angelegt hatten, verließ Karl das Schiff zu einem Erkundungsgang. Störtebecker hatte überlegt, den Kater in der Kajüte einzusperren, aber seiner Erfahrung nach kam das bei Schiffskatzen gar nicht gut an. Man konnte nur hoffen, dass sich der Kater zur rechten Zeit wieder einfinden würde. Die meisten Schiffskatzen erschienen erst kurz vor dem Auslaufen wieder an Bord. Kein Mensch konnte sagen, woran Katzen diesen Zeitpunkt erkennen.

Wir Überläufer durften nicht an Land. Störtebecker fürchtete wohl, dass einige desertieren würden. Nur ich durfte die Kogge in seiner Begleitung verlassen. Und selbstverständlich der Großteil seiner Mannschaft.

Der Gasthof von Norden befand sich im Salzamt gleich am Hafen. Für durchreisende Kaufleute gab es sogar ein paar Schlafstellen. Es geschah wohl nicht häufig, dass zwei Koggen gleichzeitig im Norder Hafen einliefen, jedenfalls herrschte im Salzamt Hochbetrieb. Ortsansässige Händler und neugierige Bürger drängelten in die ohnehin schon überfüllte Gaststube. Für Bier und Schnaps erstatteten die Piraten bereitwillig Bericht über ihren so tollkühnen wie blutigen Handstreich. In dem Tumult konnte man sein eigenes Wort nicht verstehen.

Störtebecker saß mit Keno tom Brok in der hintersten Ecke der Gaststube, um über dessen Beteiligung am Verhökern der gestohlenen Schiffsladung zu verhandeln. Ich hielt mich auf sein Geheiß am Nebentisch bereit, um beide mit Getränken zu versorgen. Der Pirat sah sich missmutig um. Er hatte seine Leute zwar gewarnt, konnte aber nicht verhindern, dass sie gegen Freibier und Hochprozentiges mit ihren Abenteuern prahlten. Auch hier in Norden vermutete Störtebecker Spione der Hanse, die vor geraumer Zeit auf einem kleinen Hansetag in Lübeck beschlossen hatte, eine schlagkräftige Flotte gegen ihn und die anderen Vitalienbrüder auszurüsten.

Als ich Störtebecker später am Abend einige Vorschläge zum Verkauf der Beute auf dem Markt machte, schaute er mich verwundert an, dann stimmte er mir zu. Er schien Gefallen an mir gefunden zu haben, denn er unterstellte mich allein seinen Befehlen. Drei Tage später war die gesamte Schiffsladung verkauft, und Störtebecker rechnete mit Keno tom Brok ab. Er saß mit dem Ostfriesen in seiner Kajüte, und ich schenkte ständig Rum nach.

»Du kannst hier nicht bleiben«, warnte Keno tom Brok den Piraten, nachdem er ausbezahlt war. »Die Hanse kann ihre Flotte früher auslaufen lassen, als wir erwartet haben. Von meinen Gewährsleuten in Hamburg habe ich gestern erfahren, dass sie sich noch in dieser Woche auf den Weg machen wird. Und hier kann man sich auf niemanden verlassen. Die Hanse lässt viele Münzen springen, um euren Aufenthalt in Erfahrung zu bringen. Jeder kann ein Spion der Pfeffersäcke sein.«

»Auch du?«, fragte Störtebecker spöttisch.

»Ihr zahlt mehr«, lachte der Ostfriese. »Und ich kann die Hanse nicht ausstehen. Aber seid vorsichtig. Spätestens morgen solltet ihr hier verschwinden.«

Am Tag unserer Abreise lag Karl mittags satt und zufrieden auf einem Stapel leerer Leinensäcke vor dem Salzamt und ließ sich die helle und ungewöhnlich milde Februarsonne auf den Pelz brennen. Ich scheuerte gerade das Deck und schaute neidisch zu ihm hinunter, als eine Stimme unseren Schiffskater augenblicklich aus seinen Träumen riß. Nicht irgendein Maunzen, sondern der lockende Schrei einer Katze, die einen Kater suchte. Karl war im Nu auf den Beinen. Er stellte seine Ohren auf, hielt wohl Ausschau nach einem Konkurrenten. Aber es ließ sich weit und breit kein anderer Kater blicken. Dann tauchte die Katze im offenen

Fenster der Gaststube auf. Und was für eine schöne Katze! Graubraun getigert stand sie mit erhobenem, hin und her peitschendem Schwanz auf der Fensterbrüstung und sprang nun auf den Boden. Sie drehte sich um, streckte unserem aufgeregten Schiffskater ihr hocherhobenes Hinterteil entgegen und richtete ihren Schwanz auf. Dabei sang sie ein so betörendes Liebeslied, dass Karl sofort bei ihr war. Aber noch ließ sie ihn nicht zu sich. Sie rannte ein paar Schritte, und als sie merkte, dass er ihr folgte, schlich sie langsam auf unser Schiff zu, immer wieder kurz verharrend, rufend, lockend.

Klaus Störtebecker saß derweil in seiner Kajüte und schrieb in sein Logbuch. Unser Ziel war Helgoland, das hatte er allein mir anvertraut. Dort würde uns die Hanse nicht vermuten, denn die Insel lag fernab der ost-westlichen Handelsroute. Seiner Mannschaft und Keno tom Brok hatte er Amsterdam als Ziel genannt. Erst auf See wollte er seine Absicht offenbaren.

Inzwischen stand fast die gesamte Mannschaft an der Reeling und feuerte unseren Schiffskater an. Die Matrosen schauten hinunter auf die Anlegestelle und riefen ihm zotige Bemerkungen zu. Vom Krach angelockt kam Störtebecker zu uns an Deck. Nun saß die graubraun getigerte Katze mitten auf der Schiffsplanke und schaute hinter sich. Sie schrie wie wild, hatte ihr

Hinterteil hochgestreckt, und ihr Schwanz zuckte hin und her. Karl stand noch an der Kaimauer und schaute irritiert zum Schiff hoch.

»Ruhe!«, befahl Störtebecker mit seiner lauten, kehligen Stimme. »Seid still!«

Die Piraten verstummten augenblicklich. Nur die Schreie der Katze waren jetzt zu hören. Als Karl die Holzplanke betrat, um der Katze zu folgen, sprang sie geschwind an Deck und postierte sich mitten auf dem Schiff. Karl folgte ihr, und als er sah, dass sie ihn jetzt erwartete, sprang er von hinten auf sie, packte ihren Nacken fest mit seinem Maul und drang in sie ein. Die Mannschaft stand in einem weiten Kreis um das Katzenpaar und beobachtete es still bei seinem kurzen Liebesspiel, das sich wie ein Kampf anhörte.

Karl und Katt, auf diesen Namen hatte Störtebecker die Graubraune getauft, gewöhnten sich schnell an das Schiff. Sie schlossen mit einigen Piraten Freundschaft – vor allem mit dem Schiffskoch – und erledigten ihre Arbeit energisch und erfolgreich. Erst wollte Störtebecker die beiden nicht in seiner Kajüte dulden, aber Karl hatte die Schublade unter dem Kapitänsbett für Katt und sich zum Schlafplatz erkoren und in ihrer ersten Nacht auf dem Piratenschiff so lange von draußen an der Tür gekratzt, bis der Piratenkapitän schließlich nachgab und die beiden einließ.

Es war ein paar Wochen später, als wir nach einer ergebnislosen Kaperjagd nach Helgoland zurückkehrten. Die Nordsee war nicht sehr bewegt, und wir kamen zügig voran. Helgoland war noch nicht in Sicht, konnte aber nicht mehr weit entfernt sein. Plötzlich schrie der Pirat im Mastkorb *Katt über Bord* und zeigte zum Heck der Kogge. Störtebecker und ich eilten zum hinteren Ende des Schiffes und sahen Katt, die in den Wellen um ihr Leben schwamm. Ich weiß nicht mehr, was damals in mich gefahren war, aber ich schaute Störtebecker fragend an. Als der nickte, zog ich meine Stiefel aus, stieg auf die Reling und sprang aus knapp zehn Meter Höhe ins Meer. Störtebecker gab Befehl zum Beidrehen. Schnell standen alle Matrosen, die für das Manöver nicht benötigt wurden, am Heck des Schiffes und feuerten mich an. Als ich Katt erreicht hatte, brach Beifall an Bord aus. Dennoch war wohl den meisten Piraten um mich bange, denn ich hatte mich auf eine lebensgefährliche Rettungsaktion eingelassen. Selbst im mäßigen Wind konnte das Schiff nicht zum völligen Stillstand gebracht werden. Ich wusste zwar, dass ich jetzt nicht direkt auf die Kogge zu schwimmen durfte, sondern deren Fahrtrichtung und meine eigene Geschwindigkeit berechnend einen Kurs einschlagen musste, der mich schließlich auf das Schiff treffen ließ. Doch die Nordsee war kalt in dieser Jahreszeit. Mehr als zwei oder drei Fehlversuche konnte ich mir nicht leisten. Katt jedenfalls tat das Richtige. Sie war mir auf den Rücken geklettert und krallte sich an meinem Hemd und in meiner Haut fest. Die Kälte des Meeres ließ mich den Schmerz kaum spüren. Als ich merkte, dass ich mich um Katt nicht mehr zu kümmern brauchte, hob ich den Kopf und schätzte Richtung und Entfernung ab. Die Nordsee ließ Milde walten. Als ich die Kogge schon beim ersten Versuch erreichte, warf Störtebecker mir ein Seil herunter, an dem ich mich festbinden und hochziehen lassen konnte. Unter den Beifallsschreien der Mannschaft erreichte ich schließlich das Deck. Störtebecker nickte mir anerkennend zu. Viele Worte waren nicht seine Sache. Katt aber miaute jetzt laut. Sie hatte Hunger.

Später erfuhr ich, dass genau an diesem Tag Simon von Utrecht die Hamburger Ratsherren und Kaufleute Hermann Lange und Nikolaus Schoke zu einer letzten Lagebesprechung in die Kapitänskajüte der *Bunten Kuh* gebeten hatte. Er führte die Flotte an, die an ihrem Ziel fast angekommen war. Diese kleine Flotte von fünf Schiffen, die sich kurz vor Helgoland befand, hatte keine Handelswaren geladen. Auf jedem der Schiffe befanden sich neben den Matrosen etwa sechzig Söldner, die von den Ratsherren im Auftrag der Hanse gegen gutes Geld angeheuert waren, um den Vitalienbrüdern um Klaus Störtebecker endgültig den Garaus zu machen. Auf den Vorder- und Achterkastellen der Koggen standen Geschütze, die Kämpfer trugen Armbrüste, Schwerter, Keulen oder Beile.

»Verzeihen Sie, ich hatte es Ihnen ja schon angedeutet, aber erst jetzt, kurz vor unserem Ziel, will ich Ihnen meinen Schlachtplan offenlegen. Also es gibt ihn, den Verräter auf Störtebeckers Schiff. Sowie uns die Kogge bemerkt, wird er die Steueranlage von Störtebeckers Schiff demolieren. Der Pirat kann uns dann nicht mehr entwischen. Meine Spione haben in Norden freies Geleit und eine Belohnung mit dem Verräter ausgehandelt. Und ich möchte, dass wir uns daran halten.«

Simon von Utrecht genoss die Verblüffung der beiden Ratsherren.

»Und der Verräter wird Wort halten?«, fragte Nikolaus Schoke nachdenklich und trank einen Schluck Rum. Er konnte Verrat nicht ausstehen. Auch dann nicht, wenn ihnen der verhasste Störtebecker so in die Hände gegeben wurde. Verrätern, dachte Schoke, sollte man ihren Lohn in schweren Münzen um den Hals binden und sie damit im Meer versenken.

»Ich denke schon«, antwortete Simon von Utrecht. »Doch selbst wenn nicht, sind wir Störtebecker an Soldaten fünffach überlegen. Und wir haben schwere Geschütze an Bord. Er kann uns nicht entkommen.«

»Darauf trinken wir!«

Hermann Lange hob seinen Becher, und die drei prosteten sich zu.

Es kam, wie Simon von Utrecht gesagt hatte. Als wir die Flotte der Hanse entdeckten und Störtebecker seine Befehle erteilt hatte, schlich sich einer aus seiner Mannschaft unter Deck und zerstörte die Ruderanlage mit einem Beil. Zwar wurde er kurz darauf entdeckt und ins Meer geworfen, aber der Schaden ließ sich nicht mehr beheben. Unser Schiff schlingerte manövrierunfähig in der Nordsee und war der Hanse ausgeliefert. Es begann ein ungleicher Kampf, in dem viele Piraten erschlagen wurden. Die Überlebenden, unter ihnen Störtebecker und ich, kamen in Gefangenschaft.

Als Simon von Utrecht und die beiden Ratsherren Störtebeckers Kajüte inspizierten, entdeckte Nikolaus Schoke Katt in der Schublade unter dem Bett. Sie lag in der hintersten Ecke und fauchte den Ratsherren an. An ihren Zitzen hingen drei Junge und saugten sich den Bauch voll.

»Ins Meer mit der Brut«, sagte Hermann Lange und wollte nach den Katzen greifen, aber Nikolaus Schoke hielt ihn zurück. Er hatte selbst viele Jahre auf dem Meer verbracht.

»Die besten Schiffskatzen«, sagte er, »kommen auf See zur Welt. Ich nehme die Katze und ihre Jungen mit auf die *Bunte Kuh* und nach Hamburg. Dort werde ich später Verwendung für sie haben.«

Da es in diesem Moment an der Tür klopfte und Störtebecker vorgeführt wurde, zuckte sein Ratskollege nur mit den Schultern und ließ es dabei bewenden. Störtebecker schaute die drei mit trotzigem Blick an. Seine Armfesseln schmerzten, er hatte einige Wunden davongetragen, war aber nicht ernsthaft verletzt.

»Du also bist Klaus Störtebecker«, sagte Simon von Utrecht endlich. »Wir bringen dich und deine Männer nach Hamburg, wo euch der Prozess gemacht wird.«

Störtebecker antwortete zunächst nichts, dann schaute er in Richtung der Schublade.

»Was geschieht mit den Katzen?«

»Der Mann ist gut«, lachte Hermann Lange. »Er hat den Tod vor Augen und kümmert sich um ein paar Katzen.«

»Was hat es denn mit den Katzen auf sich?«, fragte Nikolaus Schoke.

Störtebecker erzählte, wie ich das Leben der Katze gerettet hatte.

»Und deshalb bitte ich nur um eines«, sagte der Pirat schließlich. »Um das Leben des Schiffsjungen. Er war auf der *Peter von Hamburg* und hat sich uns nur angeschlossen, weil wir ihn sonst getötet hätten.«

Hermann Lange wollte aufbrausen, aber Nikolaus Schoke hielt ihn zurück.

»Hat der Schiffsjunge denn überlebt?«

Sörtebecker zuckte mit den Schultern.

»Lasst nach ihm suchen«, wies Nikolaus Schoke die Soldaten an. »Und bringt ihn uns, falls er noch lebt. Und jetzt schafft Störtebecker fort. Legt ihn in Eisen.«

Ich war sehr traurig, als ich erfuhr, dass Schiffskater Karl während der Seeschlacht durch eine Kanonenkugel ums Leben gekommen war. Nikolas Schoke nahm Katt und ihre Jungen tatsächlich mit nach Hamburg. Die einzige Katze unter den drei Geschwistern starb allerdings während der Fahrt. Nikolaus Schoke machte sich für mich stark, so wurde ich aufgrund meines Alters begnadigt. Klaus Störtebecker und allen anderen Piraten, also auch denen, die vorher als Matrosen auf der *Peter von Hamburg* gedient hatten, wurde nach kurzem Prozess der Kopf abgeschlagen.

Ein dreiviertel Jahr später ließ Nikolaus Schoke eine von ihm in Auftrag gegebene Kogge auf den Namen *Löwe von Hamburg* taufen. Er hatte vor, sie mit Waren aus London nach St. Petersburg zu schicken. Von dort sollte sie allerdings nicht direkt nach Hamburg zurückkehren, sondern über die Newa den Ladogasee in östlicher Richtung durchqueren, um schließlich über die Swir bis zum Onegasee vorzustoßen. Doch der Ratsherr hatte den Plan, die Kogge noch weiter in nordöstliche Richtung zu schicken. Vielleicht, so dachte er, gibt es ja einen Seeweg vom Onegasee zur Küste des Weißen Meeres.

Im Frühjahr 1402 brach der *Löwe von Hamburg* zu einer Expedition in ein Gebiet auf, in das bisher noch keine Kogge der Hanse gesegelt war. Ich war als Schiffsjunge mit an Bord. Und mit mir die Söhne von Katt und Karl, die inzwischen alt genug waren, um ihren Dienst als Schiffskater zu versehen. Aber das ist eine andere Geschichte …

Einstein und die unsterbliche Katze

Berlin

Michael Henze musste schon immer kleine Brötchen backen. Er verdiente seinen Lebensunterhalt freiberuflich. Als Kunstwissenschaftler. Falls er etwas verdiente. Seine Gestalt war hünenhaft. Er maß über zwei Meter, und seine kräftigen Muskeln ließen an professionellen Kraftsport denken. Michael trug sein hellblondes Haar kurzgeschnitten und einen schmalen Oberlippenbart, der ins Rötliche tendierte.

Es war ein regnerischer Sommertag. Michael saß schon zeitig an seinem Rechner. Er recherchierte italienische Landschaftsgemälde des sechzehnten und siebzehnten Jahrhunderts, die für die Tourismuswerbung des venezianischen Fremdenverkehrsamtes in Deutschland Verwendung finden sollten. Eher zufällig stieß er dabei in der knapp fünfzehn Jahre alten Online-Ausgabe einer überregionalen Wochenzeitung unter der Rubrik *Menschen* auf diesen Artikel:

Professor Dr. Dr. **Robert Spener** (58), Molekulargenetiker, Tiermediziner und Nobelpreisträger, hat seinen Lehrstuhl an der Berliner Humboldt-Universität überraschend niedergelegt und die Hauptstadt mit unbekanntem Ziel verlassen. Über seinen Anwalt ließ er lediglich mitteilen, dies geschehe aus rein persönlichen Gründen. Er werde sich ins Privatleben zurückziehen und bitte die Öffentlichkeit, diesen Schritt zu respektieren.

Der weltweit geachtete Wissenschaftler wurde im vergangenen Jahr für seine Forschungen an Wimperntierchen mit dem Nobelpreis für Medizin ausgezeichnet. Diese Einzeller sind keinem Alterungsprozess unterworfen und gelten deshalb als unsterblich. Spener ist es als erstem Wissenschaftler gelungen, Mehrzeller mit gleichartigen Anlagen zu erzeugen. Weltweites Aufsehen erregte er bei seiner Nobelpreisrede mit der Bemerkung, in ferner Zukunft könnte es möglich werden, auch bei Säugetieren, ja eventuell sogar bei Menschen den natürlichen Alterungsprozess zu verlängern oder gänzlich zum Stillstand zu bringen.

Der Präsident der Humboldt-Universität bedauerte in einer Stellungnahme Robert Speners private Entscheidung. »Die Forschung verliert damit einen ihrer genialsten Wissenschaftler unserer Zeit.«

Das Institut des Nobelpreisträgers war vor einem halben Jahr durch den plötzlichen und bis heute ungeklärten Tod von Hugo Dahms (34), dem engsten Mitarbeiter Robert Speners, in die Medien gekommen. Auf Nachfrage dieser Zeitung schloss die Berliner Kriminalpolizei einen Zusammenhang zwischen diesem Todesfall und dem Rückzug Speners aus dem wissenschaftlichen Leben kategorisch aus.

Michael Henze hätte den Artikel wohl übersehen, wenn nicht dieses Foto gewesen wäre. Er erkannte Einstein sofort wieder, ihn und seine Katze, die so eigentümlich gezeichnet ist. Michael hatte gerade seinen fünfzehnten Geburtstag gefeiert und war mit seinen Eltern auf einer Urlaubsreise in der Rhön, als er ihm begegnete.

Michael erinnerte sich noch gut an das Bauerndorf am Fuß der Wasserkuppe, wo sein Vater ein Ferienhaus gemietet hatte. Sandberg ist von Feldern und Mischwald umgeben und liegt am Rand eines kleinen Berges. Auf dessen Höhe gelangt man durch eine schattige Schlucht, in der ein kleiner Fluss über Felskaskaden talwärts plätschert. Nachmittags zog Michael immer gern alleine los, wanderte durch die Schlucht auf den Berg und kehrte auf einem Feldweg schließlich ins Dorf zurück. Insgeheim hat er jedes Mal gehofft, auf diesem einsamen Weg einem Mädchen in seinem Alter zu begegnen, sich mit ihm anzufreunden, sich zu verlieben und erste Erfahrungen mit dem anderen Geschlecht zu machen. Stattdessen traf er Einstein. Der Fremde saß auf einer Bank gleich hinter der *Kalten Kehre*, einer dicht bewaldeten Kurve unterhalb der

Bergkuppe, in der es tatsächlich immer ein paar Grad kälter als in der Umgebung war. Der grauhaarige Mann trug Jeans und einen für diese Jahreszeit eigentlich zu dicken Wollpullover. Michael grüßte freundlich und wollte vorbeigehen, als er sah, wie der ältere Herr mit schmerzverzerrtem Gesicht vorsichtig sein rechtes Fußgelenk abtastete. Auf die Frage, ob er ihm helfen könne, berichtete ihm der Mann, dass er umgeknickt sei und nur unter großen Schmerzen auftreten könne, und er bat Michael, aus dem Dorf Hilfe zu holen. Der Junge bot ihm an, ihn auf dem Heimweg abzustützen.

»Ich heiße übrigens Michael.«

»Einstein. Einfach Einstein. So werde ich hier genannt.«

Nach einem prüfenden Blick auf Michael willigte er ein. Einsteins Haus stand an der tiefsten Stelle des Dorfes. Die Fulda floss direkt an dem ausgebauten Bauernhaus vorbei. Er lud Michael zu einem Getränk ein, und weil der Junge tatsächlich sehr durstig war, nahm er das Angebot an. Er telefonierte mit seinen Eltern, schilderte den Vorfall in kurzen Worten und erhielt die Erlaubnis, etwas später als üblich nach Hause zu kommen.

Als er sich aus der Küche eine kalte Cola geholt hatte und das Wohnzimmer betrat, sah er sofort die Katze. Sie lag eingerollt auf einem breiten Sessel, tief in das Sitzkissen eingesunken. Sie hatten in Berlin selbst eine

Katze, Josie, und Michael freute sich, hier eine kennenzulernen. Aber die Katze reagierte so gut wie gar nicht, als er sie ansprach. Sie öffnete lediglich für einen kurzen Moment die Augen und schloss sie sofort wieder. Nie zuvor, und auch später nicht, hat Michael in so dunkle, müde und gelangweilte Katzenaugen geschaut wie in die Newtons. Das sei, sagte Einstein, ihr Name. Newton war eine weiße Katze, aber die Stirn und Teile ihres Rückens waren unregelmäßig mit graugetigerten Flecken gezeichnet.

»Sie ist alt, wirklich sehr alt«, erklärte Einstein und fügte hinzu, Michael solle sie einfach nicht beachten. Der Junge schaute sich kurz im Zimmer um. An den Wänden hingen einige alte Ölgemälde, aber er sah sie sich nicht genauer an. Einstein saß auf einem Sofa und kühlte sich das Fußgelenk mit einem nassen Handtuch. Michael fragte, ob er einen Arzt anrufen solle. Aber Einstein reagierte kaum und war, wie überhaupt auf dem ganzen Weg, nicht sehr gesprächig. Keinesfalls unfreundlich, aber wortkarg. Er blätterte unaufmerksam in einer Illustrierten, blieb weiterhin maulfaul, und so trank Michael seine Cola aus und verabschiedete sich.

Michael hat lange nicht mehr an diese fünfzehn Jahre zurückliegende Begegnung gedacht. Umso mehr wunderte er sich, dass noch so viele Details und Bilder in seiner Erinnerung auftauchten. Er kopierte das Foto in sein Bildbearbeitungsprogramm und druckte einige Detailvergrößerungen aus. Man sah Einstein auf einem Sofa sitzend, neben ihm lag Newton in der gleichen Haltung wie damals in der Rhön. Über dem Sofa hing ein großformatiges Ölgemälde, ein kaum verwechselbares Werk, das Michael sofort wiedererkannte. *Das Abendmahl in Emmaus* von Jacopo Bassano aus dem Jahr 1538. Er hatte vor Jahren einen Artikel über die Malerdynastie der Bassanos geschrieben, genauer gesagt über die Bassanos und ihre Katze. Auf mehreren Gemälden von Jacopo Bassano taucht sie auf, diese weiße Katze mit den graugetigerten Flecken. Sie ist auch auf späteren Bildern seiner Söhne zu sehen. *Ganz wie Newton*, dachte Michael und wunderte sich über diesen Zufall. Hatte erp dieses Bild auch in Einsteins Wohnzimmer in der Rhön gesehen? Daran konnte er sich beim besten Willen nicht mehr erinnern. *Das Foto ist jedenfalls nicht in der Rhön aufgenommen*, dachte Michael. *Es zeigt Einstein und die Katze wohl in seinem Berliner Domizil, vor dem fluchtartigen Verschwinden.*

Michael dachte nicht lange nach und rief den Chefredakteur der Tageszeitung an, für deren Feuilleton er hin und wieder schrieb. Und er hatte Glück. Er erhielt den lukrativen Auftrag, einen Artikel über Robert Spener zu schreiben, den berühmten Nobelpreisträger, der vor nunmehr fast fünfzehn Jahren von der Bildfläche verschwunden ist. Falls Spener noch leben sollte. Immerhin bekam Michael eine Woche Zeit, einen ordentlichen Tagessatz plus Spesen und zusätzlich ein respektables Zeilenhonorar sowie eine kleine Beteiligung am Verkauf des Berichts in alle Welt. Und in alle Welt, da waren die beiden sich schnell einig gewesen, würde sich ein Artikel über Robert Spener mit Sicherheit verkaufen lassen. Eine Stunde später ging der Vertrag per Mail bei Michael ein. Er packte seinen Koffer und fuhr in die Rhön.

Gersfeld

Der langgestreckte Marktplatz der beschaulichen Kleinstadt wimmelte von Menschen. Der Himmel zeigte sich über der Rhön von seiner schönsten Seite. Das Thermometer stand auf fünfundzwanzig Grad.

Der Marktplatz bildet mit seinen Fachwerkhäusern und dem klassizistischen Generalshaus, dem Rathaus auf der einen und der evangelischen Kirche aus dem späten achtzehnten Jahrhundert auf der anderen Seite ein relativ geschlossenes historisches Ensemble. In den Gasthäusern und auf ihren Terrassen herrschte großer Andrang. In und vor den Cafés und Restaurants saßen die Gersfelder und ihre Feriengäste, kommentierten lokale Querelen, wie sie in jeder Stadt vorkommen, planten Wandertouren oder genossen einfach die warmen Sonnenstrahlen, die den Marktplatz in helles Licht tauchten.

Das Klappern der Essbestecke, die Bratengerüche aus den Küchen, das Gewirr der Stimmen und das Kreischen der spielenden Kinder am alten Brunnen – all diese Geräusche und Gerüche beförderten die allgemeine Sommerstimmung.

Wer an diesem Tag an den zahlreichen Brunnen der kleinen Stadt vorbeischlenderte oder von einer der Brücken die Fulda in ihrem Flussbett betrachtete, das von tonfarbenen Mauern und den bunten Gärten der angrenzenden Häuser flankiert wurde, der konnte sich schwerlich einen Platz auf der Welt vorstellen, an dem es geruhsamer und freundlicher zuging.

Michael hatte sich im ersten Hotel des Städtchens ein helles Apartment mit Waldblick gemietet und saß zur Mittagszeit auf der Terrasse des Gasthauses Krone-Post am Marktplatz. Eine Mitarbeiterin des städtischen Fremdenverkehrsamtes informierte direkt vor ihm mit lauter Stimme eine Reisegruppe über die Geschichte der Stadt.

»... schließlich gelangte Gersfeld 1435 durch Kauf in den Besitz der Ritter von Ebersbach. Die Ebersbacher Ritter waren Raubritter, wie sie im Buche stehen. Schon im dreizehnten Jahrhundert plünderten sie fortgesetzt Besitztümer der Fuldaer Abtei und wurden deshalb vom Abt verfolgt. Als Hermann von Ebersbach gefangen werden konnte, ließ ihn der Abt auf dem Marktplatz von Fulda öffentlich enthaupten. Damit brachte er die gesamte Ritterschaft der Region gegen sich auf. Sie verschworen sich auf dem Wachtküppel, den wir noch besuchen werden, wählten die beiden Brüder des Enthaupteten zu ihren Anführern und erdolchten den Abt am 15. April 1271 während der Heiligen Ostermesse in der St. Jakobskapelle des Domes zu Fulda ...« Die Reisegruppe zog weiter und die Worte ihrer Leiterin verloren sich im Gewimmel der Stimmen.

Das Hotelpersonal hatte über Einstein keine Auskunft geben können, und auch der Gastwirt, den Michael gerade befragt hatte, zuckte nur mit den Schultern. *Irgendwo muss er ja einkaufen*, dachte Michael und suchte nach seiner Mahlzeit den örtlichen Supermarkt auf. Er packte ein paar Kleinigkeiten in seinen Einkaufskorb und erkundigte sich an der Ladenkasse.

»Einstein? In Sandberg eins?«, fragte die Verkäuferin, als würden hier viele Einsteins wohnen. Michael erinnerte sich, dass es in Sandberg keine Straßennamen gab. Nur den Namen des Dorfes und Hausnummern.

»Genau«, antwortete er, »Sandberg eins.«

»Komischer Kauz«, sagte die Kassiererin mit entwaffnender Offenheit. »Der kommt nie her. Schickt eine Mail und wir liefern. Einmal die Woche. Jeden Montag.«

Einstein lebte also noch. Michael brachte seine Einkäufe ins Hotel, unternahm von dort aus eine Wanderung zum Bergsee auf der *Großen Nalle* und ging anschließend in seinem Apartment noch einmal alle Informationen durch, die er über Robert Spener recherchiert hatte.

Am nächsten Morgen machte er sich nach dem Frühstück auf den halbstündigen, leicht ansteigenden Fußweg nach Sandberg. Er erkannte das Haus sofort wieder. Obwohl die Sträucher dichter standen und die Walnussbäume vor dem Haus inzwischen viel höher waren und mächtige Baumkronen entwickelt hatten. Die kleine Brücke, die über die Fulda auf das Grundstück führt, war immer noch frei zugänglich. Michael überquerte den Fluss, der hier kaum mehr als zwei Meter breit ist, ging zur Eingangstür und klingelte.

Einstein öffnete die Tür nur einen Spalt und schaute ihn misstrauisch an.

»Sie wünschen?«

»Guten Tag Einstein. Sie erinnern sich vermutlich nicht an mich. Ich heiße Michael und habe Ihnen vor fünfzehn Jahren geholfen, als Sie sich oben auf dem Feldberg den Fuß verstaucht hatten.«

Einsteins graue Haare waren inzwischen weiß geworden, das Gesicht etwas runder, mit sehr viel mehr Falten. Er nickte mehrfach bedächtig mit dem Kopf.

»Ja, tatsächlich. Gütiger Gott, bist du groß geworden.«

Michael war zufrieden, dass Einstein ihn so vertraulich ansprach, er versprach sich davon eine günstige Gesprächsatmosphäre. Aber Einstein blieb in der Tür stehen und machte keine Anstalten, sie weiter zu öffnen.

»Darf ich einen Moment reinkommen, wie damals, auf eine Cola?«

Einstein schien nicht erpicht auf Besuch zu sein, aber schließlich trat er doch zurück und ließ Michael ein.

»Wieder zum Wandern hier?«, fragte Einstein auf ihrem Weg ins Wohnzimmer. Michael stutzte, denn auf dem Sessel lag wieder eine Katze, in der gleichen Haltung und mit der gleichen Zeichnung wie Newton vor fünfzehn Jahren. Diesmal nahm sie gar keine Notiz von ihm, öffnete nicht einmal die Augen. *Das kann doch nicht sein*, ging es Michael durch den Kopf.

»Hat Newton Nachwuchs bekommen?«, fragte er, obwohl das kaum vorstellbar war. Newton war bei ihrer ersten Begegnung schon zu betagt für Begattungsakte.

Einstein überging die Frage und setzte sich auf das Sofa. Michael nahm auf einem Stuhl ihm gegenüber

Platz, zog die Fotografie hervor und legte sie vor ihm auf den Tisch. Er hatte beschlossen, nicht lange um sein Anliegen herumzureden.

»Sie sind Robert Spener. Die Welt vermisst Sie.«

Einstein reagierte zunächst überhaupt nicht. Dann warf er aber doch einen kurzen Blick auf das Foto und sprach schließlich mit tonloser Stimme und unbewegtem Gesicht.

»Man vermisst nicht mich, sondern die Ergebnisse meiner Forschungen. Das ist ein großer Unterschied.«

Einstein hatte in der Uni keine Unterlagen seiner Arbeit hinterlassen. Er hatte zwar eine ganze Reihe von Aufsätzen publiziert, aber seine Forschungsergebnisse waren unauffindbar geblieben. Man hörte das sanfte Rauschen der Fulda und das muntere Zwitschern einer Amsel. Einstein griff nach dem silbernen Etui auf dem Tisch und zündete sich einen Zigarillo an. Er inhalierte den Rauch. Sie schwiegen ein paar Minuten, die sich endlos dehnten. Nur die Amsel zwitscherte in einem fort.

»Ich lege großen Wert auf mein Inkognito hier«, sagte Einstein schließlich. »Aus sehr guten Gründen. Was also führt dich zu mir?«

»Etwas über diese Gründe in Erfahrung zu bringen.«

Einstein lachte.

»Wen interessiert das?«

Michael erzählte von seinem Auftrag.

»Hast du ein Aufnahmegerät dabei?«

Michael wähnte sich schon am Ziel, holte sein Smartphone hervor und aktivierte die Diktierfunktion. Als er das Gerät auf den Tisch legen wollte, nahm Einstein es ihm aus der Hand und schaltete es aus. Er legte es neben sich auf das Sofa.

»Die Wahrheit ist ein Hund, der ins Loch muss.«

Michael machte ein ziemlich verdattertes Gesicht, und Einstein lächelte freundlich.

»Shakespeare«, erklärte er. »König Lear. Das sagt der Narr zum König. Und er hat Recht. Die Wahrheit darf nicht ans Tageslicht kommen. Die Menschheit würde daran zugrunde gehen.«

»Welche Wahrheit?«, fragte Michael.

Einstein stand auf und verschwand in der Küche. Michael betrachtete die großformatigen Ölgemälde an den Wänden. *Das Abendmahl in Emmaus* von Jacopo Bassano, *Das letzte Abendmahl* von Francesco Bassano, *Antonius und Cleopatra* von Leandro Bassano. Auf allen drei Bildern die gleiche Katze. Einstein kam mit zwei Gläsern Rosé zurück.

»Du kennst die Bilder?«, fragte Einstein erstaunt. Michael hatte die Namen der Gemälde halblaut vor sich hingemurmelt.

»Ja, ich bin Kunsthistoriker. Spezialisiert auf italienische Malerei.«

Einstein schaute ihn nachdenklich an.

»Dann betrachte sie dir mal etwas genauer. Warte, ich mache Licht.«

»Es sind außergewöhnlich gute Kopien«, stellte Michael fest, nachdem er die Bilder einer genauen Überprüfung unterzogen hatte.

»Es sind Originale«, sagte Einstein. »Jedenfalls *Das Abendmahl in Emmaus* und *Das letzte Abendmahl. Antonius und Cleopatra* ist allerdings eine Kopie, die ich in Auftrag gegeben habe.«

Wo hat Einstein die Originale her?, wunderte sich Michael. *Die sind doch ein Vermögen wert.* Doch statt zu fragen, zeigte er auf *Das letzte Abendmahl* von Francesco Bassano.

»Das Bild ist 1590 entstanden«, erläuterte Michael. »Sehr ungewöhnlich ist die Darstellung von Katze und Hund auf dem Fußboden vor dem Tisch. Der Hund sitzt nämlich bei Judas, dem Verräter, der unschwer an seinem prallen Geldbeutel zu erkennen ist. Die Katze hingegen ist bei Petrus platziert, dem Fels, dem Vater des Papsttums. Damit brach Francesco mit der damals gängigen Ikonographie, nach der die Katze als falsches, unberechenbares Tier dem Judas an die Seite gesetzt wurde. Noch Francescos Vater Jacopo hat sich in seinem *letzten Abendmahl* von 1590 dieser traditionellen Symbolik bedient. Francesco aber hat eine radikal neue Sichtweise in die Malerei eingeführt.«

»Bravo!« Einstein klatschte die Hände. »Das ist klug beobachtet.«

Michael kam wieder auf das Shakespeare-Zitat zu sprechen.

»Welche Wahrheit darf nicht ans Tageslicht kommen?«

»Das willst du wirklich wissen?«, fragte Einstein.

Michael nickte. »Ich habe einen Job.«

Er ließ keinen Zweifel daran, dass er Einsteins Umzug von Berlin in die Rhön auf den Grund gehen und alles, was er herausfand, veröffentlichen würde.

»Newton lief mir zu, als ich fünf Jahre alt war.«

»Doch nicht diese Katze«, unterbrach ihn Michael und zeigte auf Newton.

»Diese Katze«, beharrte Einstein mit eindringlicher Stimme.

»Aber Einstein, Sie sind jetzt dreiundsiebzig. Dann müsste Newton ja mindestens achtundsechzig Jahre alt sein.«

»Willst du die Geschichte nun hören?«

Michael nickte und beschloss, vorerst zu schweigen.

»Ich bin in Berlin-Grunewald aufgewachsen, in einer Villa mit großem Garten. Als ich fünf Jahre alt war, ich erinnere mich daran noch sehr genau, tauchte Newton an einem Sonntag zwischen den zwei riesigen Rhododendren vor der alten Steinmauer auf. Ich spielte gerade allein draußen. Eine Katze! Ich war begeistert und eilte in die Küche, um eine Schale Milch zu holen. Newton ließ sich locken und schleckte die Milch begierig auf. Die Katze trug kein Halsband und war offensichtlich eine Streunerin. Vor allem aber war Newton eine sehr ruhige, um nicht zu sagen phlegmatische Katze.«

»Wieso eigentlich Newton?«, unterbrach Michael noch einmal. »Es ist doch eine Katze.«

»Mein Vater hat mir an einem unserer Apfelbäume einmal erklärt, wie Newton die Schwerkraft entdeckte. Und dass es eine Katze gewesen sein soll, die den berühmten Apfel zu Fall gebracht hat. Also Newton tollte nicht herum, schlief viel, schlug keinen Krach und kam selten ins Haus. Meine Eltern waren deshalb der Meinung, sie müsse schon sehr alt sein. Ein bald herbeigerufener Tierarzt schloss sich dem an. Es war übrigens das einzige Mal, dass Newton einen Tierarzt zu Gesicht bekam, denn sie wurde nie krank. Bis heute nicht. Ich durfte ihr eine Schlafstelle im Gerätehaus einrichten und war glücklich. Drei Tage nach meinem neunzehnten Geburtstag verunglückten meine Eltern tödlich bei einem Autounfall, und als einziges Kind erbte ich das Haus und ein stattliches Vermögen. Newton lebte zu meiner Verwunderung immer noch. Sie musste ja inzwischen steinalt sein. Vielleicht gab dieses rätselhafte Tier den Anstoß, jedenfalls entschied ich mich für ein Studium der Tiermedizin und Biologie. Im Alter von sechsundzwanzig Jahren promovierte ich in beiden Fächern, und Newton lebte immer noch bei mir, also im Gerätehaus. Mein weiterer Werdegang ist ja weitgehend bekannt. Ich blieb an der Uni, habilitierte mich und übernahm bald den Lehrstuhl für Biologie. Damit begann ein öffentliches und ein heimliches Forscherleben. Allseits bekannt ist inzwischen meine Entdeckung, dass Wimperntierchen sich unendlich oft teilen und so immer wieder ein neues Leben beginnen können. Sie kennen das Grundproblem jedes anderen Organismus nicht. Das besteht vereinfacht gesagt darin, dass die Chromosomen, die Träger der Erbinformationen in den Zellen, bei jeder Teilung ein kleines Stück verlieren. Irgendwann werden sie zu kurz, der Organismus kann nicht mehr funktionieren und stirbt. Diesen Prozess nennt man altern. Wimperntierchen altern nicht, denn sie verfügen über einen brillant funktionierenden Reparaturmechanismus. In ihrem Zellkern befindet sich ein Stoff, der die Chromosomenenden immer wieder aufbauen kann, die Telomerase, ein Elixier der Unsterblichkeit. Sie hilft, auf dem Chromosom nach der Teilung eine Art Schutzkappe aufzubauen, das Telomer. Dem verdankt das Wimperntierchen sein unendliches Leben. Kannst du mir folgen?«

Michael nickte. Das hatte er bereits gelesen.

»Gut. Nun zu meiner heimlichen Forschung. Nach

dieser Entdeckung habe ich Newton Zellen entnommen und untersucht. Um es vereinfacht auszudrücken, der tatsächliche Sachverhalt ist nämlich sehr kompliziert, habe ich herausgefunden, dass Newtons Zellen mit einem Reparaturmechanismus ausgestattet sind, der denen der Wimperntierchen vergleichbar ist. Es handelt sich bei Newton offensichtlich um eine Mutation, eine einmalige Laune der Natur, die sich vererben kann oder auch nicht. Newton konnte sie nicht vererben, denn die Katze hat nie Junge bekommen. Schade eigentlich, aber das haben meine Untersuchungen an ihr zweifelsfrei ergeben. Newton wurde nämlich vor ihrer Geschlechtsreife kastriert. Und sie wurde so kastriert, wie es in der frühen Neuzeit üblich war. Erspare mir bitte an dieser Stelle die unappetitlichen Einzelheiten dieser Operation. Jedenfalls ist Newton unsterblich und wahrscheinlich über fünfhundert Jahre alt. So, nun mache ich uns einen kleinen Imbiss. Ich habe Hunger. Du auch?«

Michael hatte keinen Hunger, aber er nickte. Er brauchte jetzt ein paar Minuten für sich allein, um über das Unerhörte nachzudenken. Einstein hatte nicht den Eindruck gemacht, als wolle er Michael auf den Arm nehmen. Im Gegenteil. Er hatte ruhig, mit fester Stimme, logisch und ernsthaft vorgetragen. War der Mann geisteskrank? Auch dafür fand Michael nach reiflicher Überlegung keinen Anhaltspunkt. Aber er war kein Psychologe und hatte keine Ahnung, welche psychische Erkrankung mit welchen Symptomen einhergeht. Jedenfalls war die Geschichte faul. *Eine unsterbliche Katze! Was für eine lächerliche, absurde Vorstellung.*

Newton lag weiterhin bewegungslos auf ihrem Sessel. Nur ein leichtes, ein sehr ruhiges und langsames Sich-Heben und -Senken ihres Brustkorbes wies darauf hin, dass sie überhaupt atmete.

Einstein kam mit einer Brotzeit auf Holztellern zurück, und plötzlich verspürte Michael doch Hunger. Sie aßen wortlos.

»Du glaubst mir natürlich nicht«, stellte Einstein belustigt und ohne Vorwurf in der Stimme fest, als sie ihre Mahlzeit beendet hatten. »Wie solltest du auch eine solche Geschichte für wahr halten können. Ich würde sie auch nicht glauben.«

Michael fühlte sich ertappt. Doch bevor er sich äußerte, wollte er noch eine Frage beantwortet haben. Obwohl er die Antwort schon ahnte.

»Sie meinen, Newton ist die Katze auf den Bildern der Bassanos?«

»Gut möglich«, antwortete Einstein. »Sehr wahrscheinlich sogar. Ich war während eines wissenschaftlichen Kongresses im Prado und habe dort zufällig ein Bild von Francesco Bassano mit der Katze entdeckt, die auf insgesamt zweiunddreißig Bildern des Vaters und seiner drei Söhne zu sehen ist. Die Form ihres Kopfes, die Proportionen ihres Körpers, vor allem aber die ungewöhnliche Zeichnung ihres Fells haben mich sofort an Newton erinnert. Gehen wir hoch in mein Arbeitszimmer. Ich möchte dir etwas zeigen.«

Michael staunte, als er die Serverarchitektur sah, die Einstein im ersten Stock aufgebaut hatte. Die Reihe der Rechnertürme erstreckte sich über das gesamte Obergeschoss. Einstein zeigte ihm seinen Arbeitsbereich nicht ohne Stolz.

»Ja, ich kann hier schon recht anspruchsvolle Aufgaben lösen. Aber komm. Schau hier.«

Einstein setzte sich vor einen riesigen Monitor, fuhr den Rechner hoch und öffnete ein Dokument. Er hatte die Katze auf allen Gemälden der Bassanos mit hochauflösenden Kameras fotografieren lassen und eine dreidimensionale Figur der Katze geschaffen.

»Gleichzeitig habe ich Newton gefilmt«, erklärte Einstein. »Newton war darüber allerdings nicht sehr erfreut. Ich habe sie vom Sessel gehoben, an der Wohnungstür wieder abgesetzt, nur um sie dazu zu bringen, wieder zum Sessel zurückzukehren, dort hochzuspringen und sich erneut auf ihm einzurollen. Wie gesagt, Newton hat ziemlich sauer darauf reagiert, aber das ist ja nun schon viele Jahre her und seitdem lasse ich sie in Ruhe.«

Michael ahnte, worauf Einstein hinauswollte.

»Und dann haben Sie bestimmte Bewegungsabläufe programmiert und die digitalen Informationen von Newton und der Bassano-Katze für die Darstellung dieser Bewegungen genutzt.«

»Ganz genau. Hier siehst du den filmischen Vergleich. Links die Katze der Bassanos, rechts Newton.«

Sie sahen zwei weiße Katzen mit graugetigerten Flecken. Sie vollführten parallel die gleichen Bewegungen, sprangen, rannten und rollten sich zum Schlaf ein. Mit dem bloßen Auge war kein Unterschied auszumachen.

»Sehr überzeugend«, staunte Michael. »Können Sie die Ähnlichkeit der beiden Katzen auch rechnerisch darstellen?«

»Neunundneunzig Komma sieben Prozent«, antwortete Einstein. »Die minimale Abweichung ist der Tatsache geschuldet, dass ich von der Katze der Bassanos ja nur zweidimensionale, unbewegte Bildinformationen in den Rechenprozess eingeben konnte. Newton ist die Katze der Bassanos. Jetzt frag nicht, wie und wann Newton über die Alpen und warum ausgerechnet zu mir gekommen ist. Ich habe keine Ahnung. Aber dass Newton über fünfhundert Jahre alt und die Katze der Bassanos ist, das weiß ich gewiss. Und ich habe es auch bewiesen. Oder?«

Michael wusste nicht, was er davon halten sollte. Es

klang alles so logisch und nachvollziehbar. *Aber dennoch ist eine fünfhundertjährige Katze unmöglich!*

»Sie haben da oben mit Newtons Zellen weitergeforscht?«, fragte Michael, nachdem Einstein und er ins Wohnzimmer zurückgekehrt waren.

»Ja, ich habe hier in Ruhe weitergeforscht. Und einen Weg gefunden, einen Lösungsansatz. Einerseits ist es verblüffend einfach. Andererseits käme wohl niemand ohne die genaue Kenntnis der Struktur von Newtons Zellen auf diese Idee. Nach ein oder zwei Jahrzehnten intensiver Forschung könnte vielleicht die erste Generation unsterblicher Menschen geboren werden.«

»Also keine Hoffnung für uns?«, fragte Michael.

Einstein lachte.

»Nein, natürlich nicht für uns. Es müsste ja ein Eingriff in die befruchtete Eizelle vorgenommen werden. Aber es gibt auch keine Hoffnung für zukünftige Generationen. Denn ich werde alles restlos vernichten.«

Michael schaute Einstein irritiert an. Wozu hat er ihm dann alles erzählt? Einstein muss sich doch denken können, dass sein Artikel über diese Begegnung, über dieses Gespräch einen medialen Begeisterungsschrei auslösen wird, wie ihn die Welt noch nicht gehört hat. Doch Einstein zeigte nur auf die Katze.

»Ich habe alles von Newton gelernt. Sie lebt nun seit achtundsechzig Jahren an meiner Seite. Als ich ein

Kind war, hielt ich sie für eine ungewöhnlich ruhige Katze. Sie bewegte sich langsam, aber sie bewegte sich. Sie schlich durch den Garten, fand aber keine Freude am Spiel. Sie versuchte auch nie, eine Maus oder einen Vogel zu fangen. Nicht einmal eine Fliege oder Motte. Im Lauf der Jahre wurde sie noch ruhiger. Als wir hier einzogen, wollte sie vom Garten nichts wissen, hatte kein Interesse, ihre neue Umgebung zu erobern, ja nicht einmal zu erkunden. Sie verzog sich auf diesen Sessel und stellte bald darauf auch das Fressen und Saufen ein.«

»Entschuldigung«, unterbrach Michael. »Sie wollen behaupten, dass Newton seit fünfzehn Jahren keine Nahrung mehr zu sich nimmt?«

»Nicht nur das. Sie spitzt nicht mehr die Ohren, öffnet nicht mehr die Augen, schnurrt nicht mehr, wenn ich über ihr Fell streiche. Sie befindet sich in einem Zustand vollkommener Gleichgültigkeit.«

Einstein schaute auf seine Uhr.

»Einen Moment bitte. Ich muss das tägliche Backup überprüfen. Das dauert ein wenig. Mach es dir solange bequem.«

In Michaels Kopf überstürzten sich die Gedanken. Alles geriet durcheinander. Sein Artikel würde die Welt verändern. Erdbeben, Tsunamis, Terroranschläge, Kriege ... alles belanglose Nachrichten im Vergleich zu der Mitteilung, die er in die Welt setzen wird. Hier ging es längst nicht mehr um Geld, sondern um Ruhm, unendlichen Ruhm. Einstein ist der Retter der Menschheit und er, Michael, ist sein Prophet. Dem Ruhm würde schließlich auch Geld folgen. Er könnte Vorträge halten und Unsummen dafür verlangen. Einstein hat die Sterblichkeit besiegt, aber er, Michael, wird diese Nachricht verkünden. Er holte den Laptop aus dem Rucksack und begann mit seinen Notizen.

Einstein brachte eine fast volle, angestaubte Flasche Whisky sowie zwei Gläser mit. Er goss ein.

»Fünfzehn Uhr«, sagte er. »Zeit für einen guten Drink. Zum Wohl!«

Sie tranken und betrachteten versonnen die gelbliche Flüssigkeit in ihren Gläsern. Die Fulda rauschte im Hintergrund. Statt der Amsel erklang nun der stakkatoartige Gesang eines Distelfinken. Michael dachte daran, dass der Distelfink in der christlichen Malerei des Mittelalters als Symbol für die Dornenkrone Jesu fungierte. Er stand für die Kreuzigung des Sohnes, aber auch für die Auferstehung und ein ewiges Leben.

»Newton braucht keine Nahrung«, fuhr Einstein endlich fort, »denn sie ist unsterblich. Es ergeht ihr eben nicht wie Abraham, von dem es im ersten Buch Mose heißt: ›Und er nahm ab und starb in einem ruhigen Alter, da er alt und lebenssatt war.‹ Newton ist auch des Lebens satt. Weil es schon so lange währt, dass es keine Freude mehr ist, sondern eine Endlosschleife mit immer denselben Erfahrungen. Eine Last, die sie aber nicht abschütteln kann. Wäre sie ein Mensch, würde sie sich umbringen. Doch Tiere können sich nicht umbringen. Deshalb hat sie sich in sich zurückgezogen, reagiert nicht mehr und wartet auf den Tod, der aber nicht kommen will. Uns Menschen würde es nicht anders gehen. Die Unsterblichkeit, als Segen gefeiert, würde sich bald in einen grausigen Fluch verwandeln.«

»Aber lieber Einstein«, Michael traute seinen Ohren kaum, »das ist doch reine Spekulation! Wie können Sie von einem Tier, dessen Gedanken oder Gefühle Sie nur vermuten, auf den Menschen schließen? Die Unsterblichkeit ist der Menschheitstraum schlechthin, das Ziel jeglicher Religion, das ewige Leben. Sie zitieren Abraham, aber im Neuen Testament heißt es bei Paulus: ›Der Tod ist verschlungen in den Sieg. Tod, wo ist dein Stachel, Hölle, wo ist dein Sieg!‹ Sie dürfen der Menschheit nicht verweigern, was nicht Ihr Besitz ist. Der Schlüssel zur Unsterblichkeit gehört der Menschheit, nicht Ihnen allein.«

Einstein schenkte Michael Whisky nach.

»Ich grübele schon seit Jahrzehnten über dieser Frage und habe mich anders entschieden. Denk mal allein über die geschäftlichen Implikationen nach. Es wäre ein aufwendiges und deshalb sehr teures Verfahren.

Sollen nur die Kinder der Reichen unsterblich werden? Oder die Zahl der Erdbewohner. Irgendwann müsste man sie begrenzen …«

»Ja natürlich«, fiel ihm Michael ins Wort. »Aber dazu wird man Regeln finden, Vereinbarungen, Gesetze. Einstein, Sie halten den Traum der Menschheit in Ihren Händen. Werfen Sie ihn nicht fort!«

Michael lehnte sich aufgewühlt, aber auch erschöpft zurück und schloss für einen Moment die Augen. Vor Aufregung drehte sich alles in seinem Kopf. *Meine Güte, Unsterblichkeit! Und dieser Idiot will, was hat er gesagt, alles vernichten? Das muss verhindert werden! Sofort. Nein, nicht gleich, einen Moment noch. Noch ein wenig Kraft schöpfen. Etwas schlafen. Nein! Jetzt nicht einschlafen. Die Augen öffnen.* Es kostete ihn einige Anstrengung, seine Augen zu öffnen. Und als er es geschafft hatte, sah er Einstein wie durch eine Nebelwand. Er versuchte, den Nebel mit den Armen wegzuwedeln, aber er konnte sich nicht rühren. Seine Arme und seine Beine waren bleischwer. *Dieser Whisky, einfach zu viel Alkohol*, dachte er und versuchte, sich den Kopf nüchtern zu schütteln. Aber es gelang nicht. *Ach*, dachte er, *so wichtig ist es nun auch wieder nicht. Wir haben ja noch Zeit. Ganz viel Zeit.* Sein Gehirn kam langsam zur Ruhe. Wie angenehm war die Wärme, die sich von seinem Magen aus im ganzen Körper ausbreitete! Ein Gedanke nach dem anderen verschwand und ließ eine wohlige Ruhe zurück. Bis nichts mehr zu hören und zu spüren war. Auch nicht der Aufprall auf dem harten Dielenboden.

Einstein stellte sein Whiskyglas auf dem Tisch ab, um sich einen letzten Zigarillo anzuzünden. Nun musste er handeln. Michael hatte den Auftrag, über ihn zu schreiben. Und in ein paar Tagen oder Wochen würden andere Journalisten hier auftauchen. Jetzt war das eingetreten, was er immer befürchtet hatte. Die Zeit war gekommen, seinen vor langer Zeit gefassten Plan in die Tat umzusetzen. Aber für ein Zigarillo blieb noch Zeit. Er lächelte, als er das Glas absetzte, das er als Kind zum fünfzehnten Geburtstag geschenkt bekommen hatte. Sein Vater hatte es in einem Geschäft für Zauberartikel erstanden. Der simple Trick bestand darin, eine Flüssigkeit einzugießen, um anschließend, nach einer einfachen Drehbewegung, eine bereits zuvor dort eingefüllte Flüssigkeit in einer anderen Farbe ausgießen zu können. Einstein hatte es zum letzten Mal vor über fünfzehn Jahren benutzt, als er sich und Hugo Dahms aus der Flasche eingoss, die heute wieder auf dem Tisch stand. Hugo war auch so ein Heißsporn gewesen, wie Michael, der nun vor ihm auf den Dielen lag. Auch Hugo war damals hinter sein Geheimnis gekommen.

Einstein ließ den Zigarillo im Aschenbecher ausglühen und ging in den Keller, um die Benzinkanister zu holen. Dann betrat er sein Schlafzimmer und zog das lange Kabel aus dem Kleiderschrank, an dessen Ende er den Zünder montiert hatte. Gut, dass die Nachbarhäuser weit genug entfernt standen. Die Explosion, die sein Haus im Bruchteil einer Sekunde vollständig zerstören wird, kann niemand anderem Schaden zufügen. *Und bis die Freiwillige Feuerwehr hier eintrifft*, dachte Einstein, wird das alles vollständig ausgebrannt und vernichtet sein. Er verteilte die brennbare Flüssigkeit in allen Räumen und ließ die Türen offen. Er sperrte auch alle Fenster weit auf. Dann ging er zu Newton und streichelte sie sanft. Zu seiner Überraschung schnurrte sie dabei, zum ersten Mal seit Jahren. *Vielleicht kriegst du doch noch mehr mit, als ich ahne*, dachte Einstein traurig, aber gleichzeitig erleichtert, denn er nahm ihr Schnurren als Zeichen der Zustimmung. Er setzte sich auf das Sofa, goss ein Glas mit Whisky fast bis zum Rand ein, drückte den Zündstift bis zum Kontaktpunkt in die schmale Metallröhre und hielt ihn mit dem Daumen fest. *Jetzt ist alles getan. Sobald meine Hand erschlafft, wird alles gut. Wir werden gemeinsam gehen.* Er nahm sein Glas und trank einen großen Schluck Whisky. Und noch einen. Die Fulda plätscherte leise durch ihr schmales Flussbett und der Stieglitz trällerte. Einstein hörte, wie die Wipfel der Bäume im aufkommenden Wind rauschten. Ihm fielen die Augen zu. Eine angenehme Wärme breitete sich wohlig in ihm aus. *Es gibt Geheimnisse des Lebens*, dachte er, *an die wir besser nicht rühren sollten.* Er öffnete noch einmal die Augen. Newton lag tief eingesunken und bewegungslos in ihrem Sesselkissen. Aber Einstein sah sie nur noch undeutlich durch einen milchigen Schleier, der immer dichter wurde.

Der Unfall

Eine Komödie

(Nach Dürrenmatt, Bulgakow und Saki – aber nicht sehr)

Die Mitwirkenden in der Reihenfolge ihres Auftretens:

DER ERZÄHLER
DER JOURNALIST
DER KATER
DER SCHRIFTSTELLER

DER ERZÄHLER Am besten wäre es, Sie würden mir jetzt einfach folgen. Genauer gesagt wollen wir einem ziemlich nervös wirkenden Journalisten folgen, der gerade vor dem imposanten Tor einer Villa im Berliner Südwesten angelangt ist. Die Laubbäume auf dem Grundstück haben sich in diesen Herbsttagen in eine Orgie aus Orange und Rot verwandelt. Der Journalist schnippt den Rest seiner Zigarette mit einer hektischen Geste auf den Bürgersteig und drückt den Klingelknopf, der in ein blankpoliertes Messingschild ohne Namensangabe eingelassen ist. Er wartet vergeblich und wundert sich, denn er ist angemeldet. Er läutet noch einmal. Endlich meldet sich eine Stimme. Sie teilt ihm mit, er möge bitte das Haus über die auf der Rückseite liegende Terrasse betreten. Die Tür stehe offen. Er solle dann dem Kater folgen und es sich dort, wo der Kater Platz nimmt, bequem machen. Die Bar stehe zu seiner beliebigen Verfügung. Der Schriftsteller, mit dem er verabredet sei, habe ihn nicht vergessen, werde sich jedoch verspäten.

Der Schriftsteller hatte bisher nicht einen einzigen Literaturpreis einheimsen können, war jedoch vor einer Woche völlig überraschend für seine Trilogie *Schmerz*, *Ohnmacht* und *Rache* zum diesjährigen Literaturnobelpreisträger ernannt worden. Für einen fiktionalen Dreiteiler, in dem nicht eben sparsam und extrem phantasiereich mit dem gewaltsamen Ableben von Menschen umgegangen wird. Die Entscheidung der schwedischen Jury, international heftig umstritten, ist in Deutschland frenetisch begrüßt worden. Es braucht uns also nicht zu wundern, dass der Journalist dem nun weltbekannten Schriftsteller eine Verspätung ohne Groll nachsieht.

Vor der weit geöffneten Terrassentür sitzt ein riesiger Kater vom Stamm der Maine Coon, der ein Kampfgewicht von etwa zwölf Kilogramm auf die Waage bringt. Der laue Wind bauscht sein halblanges, rotgestromtes Fell auf und lässt ihn noch größer erscheinen. Als der Journalist vor ihm angelangt

ist und ein wenig ratlos dreinschaut, stellt sich der Kater auf, dehnt sich zu voller Länge, macht eine Kehrtwendung und verschwindet im Inneren des Hauses. Der Journalist folgt ihm durch das ganze Erdgeschoss, bis sie schließlich in einen großzügig geschnittenen Raum kommen, der dem Schriftsteller als Arbeitszimmer zu dienen scheint. Jedenfalls rechtfertigt ein Schreibtisch aus Glas und Chrom diese Vermutung. Aber nicht er allein. Auf dem Schreibtisch liegt ein ultraflacher Laptop. Daneben steht ein kleiner Drucker ohne Kabelverbindung zum Rechner. Sonst ist der Schreibtisch leer. Die Wände dagegen sind vom Boden bis zur Decke mit zahllosen Fotografien, Manuskriptseiten, Listen, Briefmarken, Stadtplanausrissen, Zeitungsausschnitten, DVD-Hüllen, Landschaftsskizzen, Notizzetteln, Ansichtskarten und zeilenweise gelb markierten Buchseiten gespickt. Dazwischen finden sich so obskure Gegenstände wie Luftballons, Streichholz- und Zigarettenschachteln, Präservative in verschiedenen Farben und Formen, Bierdeckel und sonstige Fundstücke. Eine hohe Leiter ermöglicht es, auch die knapp unterhalb der Decke angebrachten Ergebnisse der langjährigen Recherchen des Schriftstellers aus der Nähe betrachten zu können. Keine Frage, hier soll ein großes literarisches Werk entstehen.
Vor dem Schreibtisch ist eine Sitzgruppe im Land-

hausstil mit breitflächigem Blumendekor aufgestellt. Der Kater springt auf den Zweisitzer. Links neben ihm liegt ein Tablett mit kleinen Tellern, die mit ausgesuchten Leckereien für Katzen gefüllt sind. Auf der rechten Armlehne der Couch ist eine Fernbedienung sorgsam fixiert. Als der Kater auf seinem Kissen landet, gerät das Wasser in einer Porzellanschale in Bewegung, schwappt aber nicht über.
Der Journalist ist versucht, einen näheren Blick auf die Wände zu werfen, aber er fühlt sich von dem Kater, der es sich inzwischen mit eingezogenen Vorderpfoten auf seinem Platz bequem gemacht hat, eigentümlich beobachtet. Also geht er zum Barwagen, der vor einem breiten Fenster steht, und gießt sich ein Glas Wasser ein. Angesichts der morgendlichen Stunde lässt er die Alkoholika unberührt. Das Fenster gibt den Blick auf einen See frei. Auf der gegenüberliegenden Landseite sind hinter dichten Baumwipfeln nur undeutlich hier und da verstreut größere Villen zu erkennen. Der Journalist nimmt sich vor, auch eine Trilogie zu schreiben. Er setzt sich aber erst einmal auf den Sessel gegenüber der Couch. Der Kater mustert ihn aufmerksam. Er sitzt ihm direkt gegenüber, kaum zwei Meter entfernt. Der Journalist kann Katzen nicht ausstehen. Aber er ist bemüht, es sich nicht anmerken zu lassen. Schließlich ist er, im Unterschied zu dem Kater, hier nur

zu Gast. Auf dem gläsernen Beistelltisch steht ein leerer Aschenbecher. Der Journalist zieht seine Zigarettenschachtel aus der Tasche.

DER KATER Ich wäre Ihnen sehr verbunden, wenn Sie auf das Rauchen verzichten könnten. Meine Augen vertragen den Qualm nicht.

DER ERZÄHLER Vermutlich sind Sie jetzt ebenso erschrocken wie der Journalist, der sich unsicher im Raum umschaut, jedoch niemanden erblicken kann. Nur den Kater.

DER KATER Ich kann Ihre Überraschung gut verstehen. Vermutlich sind Sie noch nie einem sprechenden Kater begegnet.

DER JOURNALIST Nein.

DER KATER Aber Sie haben gewiss schon von sprechenden Katzen gehört oder gelesen.

DER JOURNALIST Nein.

DER KATER Sind Ihnen denn der Kater Murr von E. T. A. Hoffmann, Soseki Natsumes namenloser Kater, Sakis Kater Tobermory oder Hiddigeigei, der singende Kater von Victor von Scheffel gar kein Begriff?

DER JOURNALIST Nein.

DER KATER Sie beherrschen aber noch andere Worte als *Nein*?

DER JOURNALIST Ja.

DER KATER Na immerhin. Sie möchten also mit dem Meister sprechen?

DER JOURNALIST Ja.

DER KATER Das kann noch dauern. Der ist nämlich sternhagelvoll.

DER JOURNALIST *erstaunt* Es ist Vormittag, kurz nach zehn.

DER KATER Ja, er hat heute früh angefangen.

DER JOURNALIST Wir sind um zehn verabredet.

DER KATER Sie sind mit einem Genie verabredet.

Kurzes Schweigen

DER KATER Vielleicht kann ich Ihnen unterdessen weiterhelfen. Ich kenne den Meister schon lange und sehr gut.

DER JOURNALIST Ich möchte einen Artikel über ihn schreiben.

DER KATER Sie meinen eine Homestory für Ihr Krawallblatt.

DER JOURNALIST Also ich muss schon bitten! Wir haben eine enorme Reichweite.

DER KATER Mit Titten und Skandalgeschichten.

DER JOURNALIST Was die Menschen eben so wollen.

DER KATER *wechselt das Thema* Ich habe Sie schon oft gesehen.

DER JOURNALIST *lacht unsicher* Wo denn?

DER KATER In Frankfurt am Main, Hamburg, Weimar, Zürich, Bergen-Enkheim, Baden-Baden und Dresden. Der Meister nimmt mich auf alle seine Reisen mit. Er würde nie ein Hotel betreten, in dem keine Katzen geduldet werden. In Baden-Baden haben wir sogar die Suite gehabt, in der Dostojewski einmal wohnte.

DER JOURNALIST Dostojewski?

DER KATER Ja, Dostojewski. *Der Spieler*. Wurde kürzlich mit Johnny Depp in der Hauptrolle verfilmt.

DER JOURNALIST Ah ja, den habe ich gesehen. Aber ist Dostojewski nicht schon lange tot?

DER KATER Ich protestiere, Dostojewski ist unsterblich.

Nachdenkliches Schweigen

DER KATER Sie sind uns heimlich gefolgt.

DER JOURNALIST Unsinn. Ich habe seine Lesungen besucht.

DER KATER Sie haben immer im selben Hotel wie wir gewohnt.

DER JOURNALIST *genervt* Woher willst du das wissen?

DER KATER *mit einer gewissen Schärfe* Warum werden Kater gewöhnlich mit *du* angeredet, obwohl noch niemals ein Kater mit irgendeinem Menschen Brüderschaft getrunken hat?

DER JOURNALIST Entschuldigung.

DER KATER Schon gut. Sie waren mit ihrer Freundin unterwegs, übrigens eine ziemlich scharfe Braut.

DER JOURNALIST Danke.

DER KATER Es war die Lesereise im Sommer. Begreifen Sie? Im Sommer!

DER JOURNALIST Ja und?

DER KATER *ungeduldig* Ich erzähle Ihnen vielleicht der Einfachheit halber etwas von Guy de Maupassant. Zu Ihrem besseren Verständnis. Als der französische Schriftsteller in einem heißen Sommer das Tal von Thorenc nordwestlich von Nizza durchwanderte, übernachtete er in dem 1530 erbauten Schloss Le Quatre-Tours. Das war im späten neunzehnten Jahrhundert. In der Nacht wachte er auf, als er an seiner Hand etwas Warmes und Weiches spürte. Zu seinem Erstaunen hatte sich eine große Katze in sein Bett gelegt und ließ sich schnurrend von ihm streicheln. Irgendwann schlief der Dichter wieder ein und wunderte sich am nächsten Morgen, dass die Katze nicht mehr da war, sosehr er auch in dem abgeschlossenen Zimmer nach ihr suchte. Als er seinen Gastgeber daraufhin ansprach, lachte dieser und machte ihn mit dem *Katzenschlupf* bekannt – einem runden Loch in der Wand. »Und ich erfuhr«, schrieb Maupassant später, »dass nahezu alle alten Behausungen dieser Gegend mit solchen langen, engen Gängen durch die Mauern hindurch verbunden sind; sie führen vom Keller bis zum Speicher hinauf, von der Kammer der Zofe zum Schlafzimmer des Herrn und machen die Katze zur Königin und Beherrscherin des Hauses. Sie streicht nach Belieben umher, kann in allen Betten schlafen, alles sehen und alles hören; sie kennt alle Geheimnisse und alle Gewohnheiten der Hausbewohner. Sie ist überall daheim, da sie überall hineinkann: das Tier, das keinerlei Geräusch vollführt, der schweigsame Herumstreicher, der nächtliche Wanderer durch Mauerhohlgänge.« Verstehen Sie jetzt, was ich meine?

DER JOURNALIST Nicht ganz.

DER KATER Nun, wie Sie sich vielleicht erinnern, war es sehr heiß im Sommer. In Baden-Baden beispielsweise hatten Sie ein sehr schönes Zimmer mit Balkon und Blick auf den Kurgarten. Die Balkontür zu Ihrem Schlafzimmer war nachts weit geöffnet. Verstehen Sie nun?

DER JOURNALIST *empört* Sie waren nachts bei uns im Zimmer?

DER KATER Ich hatte es mir auf einem Balkonsessel gemütlich gemacht. Mein lieber Herr Gesangsverein, das ging aber ziemlich hoch her bei Ihnen. Mich hat nur gewundert, dass andere Hotelgäste sich nicht beschwert haben.

Peinliche Stille

DER KATER Sie schreiben an einer Biographie über den Meister.

DER JOURNALIST Ich recherchiere nur.

DER KATER In Dresden haben Sie Ihrer Freundin von einem exorbitanten Vorschuss für den Verlagsvertrag erzählt und sie am selben Abend ins Caroussel ausgeführt.

DER JOURNALIST Das war ein sehr festlicher Abend.

DER KATER Anschließend haben Sie in Ihrem Hotelzimmer wieder ordentlich Krach gemacht.

DER JOURNALIST Wir hatten dort ein Zimmer mit Balkon?

DER KATER Nein. Aber die Barockfassade des Hotels mit ihren Gesimsen und Pilastern lädt zum Herumklettern geradezu ein. Und ich muss nun gestehen, dass ich Sie in allen Städten belauscht habe. Jedenfalls nachdem ich in Frankfurt zufällig Ihr Gespräch mit dem Verleger aufgeschnappt hatte.

DER JOURNALIST Wissen Sie über Ihren Meister auch so gut Bescheid?

DER KATER Er ist nicht *mein* Meister. Aber die Antwort lautet eindeutig *ja*.

DER JOURNALIST Na schön, dann erzählen Sie mal. Man hört ja so allerhand …

DER ERZÄHLER Ich muss Sie jetzt auf einen ausgesprochen unvorteilhaften Auftritt des Schriftstellers vorbereiten, der nicht viel sagen, aber lautstark zu hören sein wird. Er hat ohne einen einzigen Schluck Alkohol bis Sonnenaufgang geschrieben und anschließend, begeistert über den fulminanten Abschluss eines wichtigen Kapitels, anderthalb Flaschen Chianti Colli Senesi geleert. Auf nüchternen Magen. Nun ist er erwacht und kommt die Treppe herunter. Genauer gesagt fällt, er fällt die Treppe herunter. Jedenfalls die halbe Treppe, denn er gerät kurz vor der Parkposition des Treppenlifts, den der Vormieter hat einbauen lassen, ins Stolpern. Der Schriftsteller ist ein Riese von Mann, mit bulligen Schultern, riesigen Pranken und einem fleischigen Glatzkopf. Als er die Treppe herunterstürzt, rumort es gewaltig. Er schlägt sich die Nase blutig und sieht nun entsprechend aus. Die weiße Baumwollhose weist rote Flecken auf. Er trägt sein helles, stark zerknittertes Hemd offen. Er reißt die Tür zum Arbeitszimmer auf, wankt zum Barwagen, entkorkt den Whisky und trinkt aus der Flasche. Dabei stürzt eine andere Flasche zu Boden und zersplittert auf dem harten Parkettboden. Der Schriftsteller achtet nicht darauf. Stattdessen schaut er mit gläsernen Augen nachdenklich, aber ohne nachzudenken, über den See. Erst als er sich umdreht, um mit der Flasche in sein Schlafzimmer zurückzukehren, entdeckt er den Journalisten.

DER SCHRIFTSTELLER *mühsam artikulierend* Wer zum Teufel sind Sie denn?

DER JOURNALIST Wir sind verabredet, zum Interview.

DER SCHRIFTSTELLER Mit wem?

DER JOURNALIST Bitte?

DER SCHRIFTSTELLER Mit wem Sie verabredet sind!

DER JOURNALIST Mit Ihnen.

DER SCHRIFTSTELLER Nehmen Sie einen Drink und verschwinden Sie!

DER ERZÄHLER Das war es schon. Der Schriftsteller verlässt ohne weitere Worte sein Arbeitszimmer, knallt dabei die Tür lautstark zu, wird weiter trinken, erneut einschlafen und erst am Abend wieder zu sich kommen. Der Journalist würde den Kater jetzt gern über das Trinkverhalten des Meisters befragen. Aber er befürchtet, dass der Kater derlei intime Informationen nicht preisgeben wird. Dazu ist ihr beider Verhältnis noch nicht vertraut genug. Der Journalist sieht auch die aktuelle Gefahr seines Rauswurfs. Es wurde ja eben klar, dass heute mit einem Interview nicht mehr zu rechnen ist. Er versucht also, die Freundschaft und die Zuneigung des Katers zu gewinnen. Auf der Suche nach einem unverfänglichen Gesprächsthema fällt sein Blick auf die Fernbedienung. Er dreht sich um und entdeckt nun auch den Plasmabildschirm an der Wand.

DER JOURNALIST Sie schauen fern?

DER KATER Gelegentlich, zum Studium.

DER JOURNALIST Aha. Und was, wenn ich fragen darf, studieren Sie?

DER KATER Die Menschen.

DER JOURNALIST So? Dann würde mich jetzt aber sehr interessieren, welche Sendungen Sie sich dazu anschauen.

DER KATER Nun, beispielsweise *Breaking Bad.*

DER JOURNALIST *lacht*

DER KATER *deklamiert* »Menschentun ist ein Verkehrtes, Menschentun ist Ach und Krach. Im Bewusstsein seines Wertes sitzt der Kater auf dem Dach.«

DER JOURNALIST Bitte?

DER KATER Man könnte sagen, dass dies die Summe meiner Erkenntnis ist. Das Zitat stammt aus den Gesängen des Katers Hiddigeigei. Aus dem *Trompeter von Säckingen.* Ich erwähnte den Kater vorhin schon.

DER JOURNALIST Richtig.

DER ERZÄHLER Die Scherben der zerbrochenen Flasche liegen nach wie vor am Boden. In ihr befand sich ein dreißigjähriger Cognac von Pierre Ferrand Ancestrale, ein Geschenk der Bundeskanzlerin anlässlich der Verleihung des Nobelpreises. Der Schriftsteller wird sich sehr ärgern, wenn er den Verlust bemerkt, obwohl nicht mehr viel in der Flasche war. Der Cognac ist zwar erlesen, aber nun bildet er auf dem Parkett eine unerfreuliche Pfütze. Penetranter

Alkoholgeruch hat sich im Arbeitszimmer des Schriftstellers ausgebreitet.

DER JOURNALIST Ist niemand da, um die Sauerei zu beseitigen?

DER KATER Die Putzfrau kommt nur Montag und Donnerstag.

DER JOURNALIST Soll ich?

DER KATER Oh, das wäre sehr nett. Ich wagte nicht zu fragen. Der Geruch beleidigt meine Nase. Also wenn Sie so freundlich wären? Die Küche befindet sich am Ende des Flurs.

DER ERZÄHLER Der Journalist braucht nur ein paar Minuten, um die Scherben aufzunehmen und den Boden zu wischen. Nachdem er das erledigt hat, öffnet er das Fenster, um frische Luft einzulassen. Dann setzt er sich wieder.

DER KATER Ich danke Ihnen sehr.

DER JOURNALIST Keine Ursache. Da fällt mir übrigens ein, waren Sie das vorhin an der Sprechanlage?

DER KATER Ja. Mit der Fernbedienung hier kann man auch das Einlasstor und die Haustüren steuern. Und noch vieles mehr. Aber wer schöpft schon alle Möglichkeiten einer Technologie aus?

DER JOURNALIST Tja, das ist verrückt, was heute alles möglich ist.

DER KATER Sie könnten auch in einem Haus wie diesem wohnen.

DER JOURNALIST Dazu fehlen mir leider die Mittel.

DER KATER Ihr Buch wird Sie reich machen.

DER JOURNALIST Noch ist es nicht fertig.

DER KATER Je skandalträchtiger das Buch, desto besser wird es sich verkaufen.

DER JOURNALIST Wem sagen Sie das!

DER KATER Bei dem aktuellen Bekanntheitsgrad des Meisters wird auch das Ausland zuschlagen.

DER JOURNALIST *stolz* Es ist bereits in siebzehn Sprachen verkauft.

DER KATER Amerika?

DER JOURNALIST Ist dabei.

DER KATER Gratuliere!

DER JOURNALIST Ich hatte zur rechten Zeit den richtigen Riecher. Die Idee kam mir ja längst vor der Nobelpreisverleihung.

DER KATER Die kam für Sie goldrichtig.

DER JOURNALIST Ja.

DER KATER Haben Sie denn schon genug schmutzige Wäsche beisammen?

DER JOURNALIST Nicht wirklich.

DER KATER *überlegt* Ich könnte Ihnen helfen.

DER JOURNALIST *aufgeregt* Das würden Sie tun?

DER KATER Kommt darauf an.

DER JOURNALIST Kommt worauf an?

DER KATER Mögen Sie Katzen?

DER JOURNALIST Ich liebe Katzen.

DER KATER Und Ihre Freundin?

DER JOURNALIST Vergöttert sie.

DER KATER Nun, es ist nämlich so, dass der Meister, als er vor Jahren hier eingezogen ist, mich mit übernommen hat. Ich wohnte hier bereits, als der Vormieter in ein Pflegeheim eingeliefert werden musste. Mein Wohnrecht war Bestandteil des für diese Immobilie recht günstigen Mietvertrages. Zu dieser Zeit verkauften sich seine Bücher schon ordentlich, aber noch nicht sensationell oder gar international. Aber Sie haben ja wohl recherchiert, dass sein Erfolg erst mit der Trilogie *Schmerz, Ohnmacht* und *Rache* begann.

DER JOURNALIST Das war vor fast genau fünf Jahren. Da erschien *Schmerz*, der erste Band.

DER KATER Genau. Und vor sechs Jahren ist er hier eingezogen.

DER JOURNALIST Ja, und?

DER KATER Fällt Ihnen da nichts auf?

DER JOURNALIST Ich wüsste nicht was.

DER KATER Wie lange schreibt man wohl an einem Buch wie *Schmerz*?

DER JOURNALIST Keine Ahnung. Ein Jahr?

DER KATER Genau. Ein Jahr. Fällt Ihnen immer noch nichts auf?

DER JOURNALIST Nein. Ach so, er hat wohl mit dem Schreiben von *Schmerz* begonnen, nachdem er hier eingezogen ist. Er hat ... nein, Sie wollen doch nicht sagen, dass ... Ich glaube es nicht! SIE haben das Buch geschrieben?

DER KATER Alle drei.

DER JOURNALIST Mein Gott, er muss Sie dafür lieben, nein, vergöttern!

DER KATER Er hasst mich dafür.

DER JOURNALIST Bitte?

DER KATER Ja, er kriegt seit dem Erfolg dieser Bände keinen vernünftigen Satz mehr zustande. Er kann es nicht ertragen, dass ich besser bin als er. Viel besser. Seitdem säuft er wie ein Loch.

DER JOURNALIST Sie sind der eigentliche Nobelpreisträger für Literatur!

DER KATER Im Grunde ja.

DER JOURNALIST Ein alter Kater?

DER KATER Ein sehr alter Kater.

DER JOURNALIST Würden Sie auch mein Buch ...?

DER KATER Sehr gerne. Wenn Sie es verkraften, dass Ihr Welterfolg eigentlich mir gebührt?

DER JOURNALIST Kein Problem. Aber das bleibt doch unter uns?

DER KATER Selbstverständlich.

DER JOURNALIST *nachdenklich* Und Ihre Bedingung? Was ist Ihre Bedingung?

DER KATER Sie und Ihre Freundin mieten sich ein Haus, ein schönes Haus. Eines wie dieses. Mit Garten. Und dann ziehe ich bei Ihnen ein. Mit ihm kann ich nicht mehr leben. Sein Hass macht mich völlig fertig.

DER JOURNALIST Einverstanden! Wann beginnen Sie mit dem Schreiben? Meine Güte, Sie wissen ja wohl viel über ihn?

DER KATER Alles. Denken Sie an Maupassant. Vor allem diese schönen, schmutzigen Geschichten. So wie die mit der Bundeskanzlerin.

DER JOURNALIST *schreit* Mit der Bundeskanzlerin?

DER KATER Psst ...

DER JOURNALIST Entschuldigung. Und was schreiben wir über die wahre Autorschaft der Trilogie?

DER KATER Das lassen wir raus. Ich strebe nicht nach Ruhm und Ehre.

DER JOURNALIST Sehr vernünftig. Würde ja sowieso keiner glauben.

DER KATER Stimmt.

DER JOURNALIST Also, wann beginnen wir mit dem Schreiben?

DER KATER Sofort. Aber ich muss diktieren. Ich komme mit einem Laptop nicht so gut klar.

DER JOURNALIST *packt seinen Laptop aus* Natürlich. Beginnen wir.

DER KATER Sehen Sie die kleinen Notizzettel, direkt unter der Decke? Dort, wo die Leiter steht?

DER JOURNALIST Ja. Was ist mit denen?

DER KATER Holen Sie mir bitte die Zettel herunter.

Ich brauche sie für das Vorwort. Im Vorwort muss es richtig krachen, oder?

DER JOURNALIST *lacht* Natürlich, im Vorwort muss es gewaltig krachen! Dann ist der Welterfolg vorprogrammiert.

DER ERZÄHLER Wir sind nun fast am Ende unserer Geschichte angelangt. Der Journalist erhebt sich und steigt vorsichtig auf die hohe Leiter, die bedenklich wackelt. Auf der obersten Stufe stellt er sich langsam auf, um sein Gleichgewicht nicht zu verlieren. Er reicht aber nur fast an die benötigten Notizzettel heran, es fehlen wenige Zentimeter. Er steigt fluchend die Leiter herab und zieht seine Schuhe aus. So kann er sich besser auf die Zehenspitzen stellen. Als er wieder oben angelangt ist, springt der Kater leise auf das Parkett und schleicht lautlos zur Leiter. Zwölf Kilo Kampfgewicht reichen aus, um sie ins Wanken zu bringen. Der Journalist rudert verzweifelt mit den Armen, aber er kann nirgends Halt finden. Es kracht gewaltig, als er auf dem Parkett aufschlägt. Der Kater setzt sich neben den Kopf des Journalisten. Es sieht wie ein Unfall aus, wie ein schrecklicher Unglücksfall. Nun springt der Kater wieder auf seinen Platz. Er wundert sich, wie arglos der Mensch seinen Lügengeschichten auf den Leim gegangen ist. Und er ist außer sich vor Freude, denn es ist ihm gelungen, seinen Menschen vor einer Buchveröffentlichung zu bewahren, die seinen Ruf in den Schmutz gezogen hätte. Er liebt dieses Haus, seinen Garten und seinen Menschen. Auch wenn der wahrlich nicht perfekt ist. Im Unterschied zu ihm selbst. Der Kater schaltet schnurrend das Fernsehgerät ein. Gleich beginnt die sechste Staffel von *Breaking Bad*.

Der vermutlich letzte Brief des Francesco Petrarca

Lange Zeit ging die Forschung davon aus, dass der Letzte von über sechshundert bisher bekannten Briefen Petrarcas (1304-1374) auf den 4. Juni 1374 zu datieren ist. Sechs Wochen später starb der große italienische Dichter. Diesen Brief, in dem er Abschied nimmt, richtete Petrarca an seinen Freund, Verehrer und Schüler Giovanni Boccaccio (1313-1375), den Autor des *Decamerone.* Er endet mit den Abschiedsworten: »Nun lebet wohl ihr Freunde, lebt wohl auch ihr Briefe!«
Kürzlich wurde jedoch in einem norditalienischen Kloster ein Brief entdeckt, der das Datum vom 11. Juli 1374 trägt, eine Woche vor Petrarcas Tod. Die genaue Untersuchung des Briefes ist noch nicht abgeschlossen. Trotzdem darf nun vermutet werden, dass es sich bei dem etwas sprunghaften Text tatsächlich um das letzte schriftliche Zeugnis Petrarcas handelt.
Wir drucken diesen erstaunlichen Brief in einer wortgetreuen und ungekürzten Übersetzung von Hans Goldstein hier erstmalig ab.

Francesco grüßt Giovanni Boccaccio.

Oft habe ich bei mir über etwas nachgedacht, worüber niemand zu viel nachdenkt und wenige genug nachdenken: nämlich über die letzten Dinge und über den Tod. Diese Betrachtung kann niemals überflüssig sein und niemals verfrüht, da der Tod ja allen gewiss und nur die Stunde des Todes ungewiss ist. Diese, meine letzte Stunde ist wohl nicht mehr fern. Mein Leben neigt sich dem Ende zu, obgleich mein Geist noch rege und voller Pläne ist. Aber der Geist des Menschen kann die Natur der Dinge nicht aufheben. Ich habe Dir erst vor kurzer Zeit einen Brief des Abschieds geschrieben, aber heute drängt es mich noch einmal, Dir ein weiteres Lebenszeichen und Bericht zu geben. Über den beklagenswerten Zustand meines körperlichen Befindens kannst Du nicht im Unklaren bleiben, wenn ich Dir sage, dass ich diesen Brief diktieren muss – meine Hand ist schon seit geraumer Zeit zu schwach, die Feder zu führen. Ich freue mich aber, wenn Du eine von Deinen Stunden daran verwendest, den Taten und Gedanken meiner letzten Zeit zu folgen.

Wie Du weißt, finde ich keinen Gefallen am Lärm der Städte, sondern bevorzuge die Stille der Wälder; ich bin nicht geboren für die Angelegenheiten von Gesetzen und Kriegen, sondern für Einsamkeit und Ruhe. Mein Leben gründet sich auf glückliche Muße, das der Städter hingegen auf traurige Geschäftigkeit. Gefällt nicht der Wald den Musen, und ist nicht die Stadt die Feindin der Dichtung? Deshalb versammele ich seit langer Zeit hier alle Freunde, die schon vor vielen Jahrhunderten von uns gegangen sind, die ich nur dank ihrer Schriften kenne oder die ich aufgrund ihrer Taten, ihres Charakters, ihrer Gesittung, ihres Lebens, ihrer Sprache und ihres Intellekts bewundere. Ich versammele sie immer wieder in meinem Haus oder Garten in Arquà um mich und spreche mit ihnen mit einer viel größeren Freude, als wenn ich mit denen spreche, die lebendig zu sein scheinen. Denn unter den Erfindungen des Menschen gibt es nichts Beständigeres als die Literatur.

Laura, die Liebe meines Lebens, Du hattest nie die Freude ihres Anblicks, die schon vor einer Ewigkeit in Avignon von der Pest dahingerafft wurde, herrschte noch lange nach ihrem Tod im Palaste meines Herzens ohne Widersacher. Doch eines Tages, es ist nun fast zwei Sommer her, schlich sich eine Katze in mein Leben und stellte sich ihr als Aufrührerin entgegen. Zwischen diesen beiden wird auf dem Schlachtfeld meiner Gedanken und Gefühle seitdem eine lange und höchst mühselige und auch jetzt noch unentschiedene Schlacht geschlagen, wer herrschen soll von beiden in mir. Die Katze ist dreifarbig gefleckt, wie einige hier in der Gegend, hochbeinig und von sanftem Wesen. Ihr Fell ist so weich wie die feinste Seide, das Besondere an ihr aber sind die Augen. Darin unterscheidet sie sich von allen anderen Geschöpfen ihrer Art. Ihr linkes Auge schimmert so grün wie ein Bergsee, ihr anderes leuchtet in der geheimnisvollen Farbe des Bernsteins. Sie drang ein in mein Haus und in mein Herz, als ich gerade letzte Hand an meine Vitensammlung *De viris illustribus* legte, an einem heiteren Sommertag.

Freund und Bruder, Du hast mir ja einmal empfohlen, auf die alten Tage mein Leben zu genießen und den anderen etwas zum Schreiben übrig zu lassen. Aber dies war immer meine Gewissheit: Fortwährende Arbeit und Konzentration sind Nahrung für meinen Geist; wenn ich anfange, auszuruhen und kürzer zu treten, werde ich aufhören zu leben. Ich bemühte mich deshalb in jeder Hinsicht darum, dass sich nichts mit meinen wahrhaft wichtigen Angelegenheiten überkreuzt, abgesehen von den Bedürfnissen der herrischen Natur, das heißt: Schlafen, Essen und eine kurze und bescheidene Erholung, die den Körper stärkt und den Geist erfrischt. Sogar wenn ich mich kämme oder rasiere, pflege ich zu lesen oder zu schreiben oder zu diktieren. Meine Feder ragt immer zwischen den kargen Gerichten hervor, und kein Tisch ist bei mir ohne Schreibtafeln. Auch hatte ich die Angewohnheit angenommen, auf dem Rücken des Pferdes gleichzeitig ein Gedicht und eine Reise zu beenden, aber ich reise ja nicht mehr. Der Anblick unbekannter Täler und Berge, Seen und Wälder ist mir nicht mehr vergönnt. Doch ich will nicht allzu sehr abschweifen.

Die Katze stand plötzlich vor meinem Pult, ich konnte nicht ergründen, wie sie ins Haus gelangt war. Ihre zweifarbigen Augen schauten mich prüfend an, und als sie wohl zu der Anschauung gelangt war, dass von mir keine Gefahr ausgehe, streifte sie schnuppernd, hier und da ein Stuhlbein, eine Schranktür oder einen Bücherstapel mit der Pfote vorsichtig antastend oder sich an ihm reibend, durchstreifte und erkundete sie also meine Schreibstube und nahm sie in Besitz. Schließlich legte sie sich in einen Sonnenflecken, streckte ihre Beine von sich und öffnete ihr Maul zu einem langgezogenen, hellen Schrei, der in einen so dermaßen zufriedenen Seufzer mündete, dass ich entwaffnet und besiegt von ihrer galanten Art zur Tür ging, leise nach meinem Diener rief und ihn anwies, mir unverzüglich Milch und Käse herbeizubringen. Die Katze verzehrte Trank und Speise mit lautem Schnurren, und nachdem ich ein wenig ihr Seidenfell streicheln und ihren Kopf kraulen durfte, sprang sie auf ein Sitzkissen und bettete sich zur Ruhe. Seitdem entzückt sie mich täglich durch ihre Anwesenheit, folgt oft meinen Wegen im Garten, und wenn ich schreibe oder diktiere, schaut sie mich mit ihren unergründlichen Augen verwundert, ja sogar nachsichtig an wie ein fremdes Tier, das einem sinnlosen aber geduldeten Tun nachgeht.

Arbeit scheint für die Katze nicht erfunden zu sein. Nachdem sie geruht, sich geputzt und gefressen hat, zieht es sie in den Garten hinaus, um sich inmitten der Wiesen und Büsche an der Natur zu erfreuen. Mal jagt sie einen Sonnenstrahl, mal einen Schmetterling oder eine Maus. Aber niemals wächst sich ihr Tun zu Arbeit aus. Sie tut, was ihr beliebt, und sie bewegt sich bei allem mit einer Grazie, die in der gesamten Natur vergeblich ihresgleichen sucht. Manchmal, wenn sie anschleicht, werden ihre Bewegungen so langsam, dass sie aufhören, Bewegungen zu sein.

Giovanni, folge noch meinen betrübten Gedanken über unsere Kirche, aber bewahre sie in Deinem Herzen, denn sie werden auf dem Marktplatz und selbst bei vielen unserer Freunde nicht gern Gehör finden. Jener Hofstaat Jesu Christi, der einstmals die Hochburg der Gottesverehrung war, ist nun aufgrund unserer Sünden von der Hilfe Gottes verlassen und zu einer Höhle entsetzlicher Räuber geworden. Ich habe festgestellt, dass es dort keine Frömmigkeit, keine Nächstenliebe, kein Vertrauen, keine Gottesachtung, keine Gottesfurcht, nichts Heiliges, letztlich nichts Menschliches gibt. Liebe, Schamhaftigkeit, Schicklichkeit und Lauterkeit haben sie aus sich verbannt. Die Kurialen bewerten die ihnen anvertrauten Schäflein allein nach dem, was ihre Wolle abwerfen würde. Ich wünschte, die giftige Rute meines Zorns könnte sie alle treffen.

Denn diese Halunken nennen die Katze eine Räuberin, obwohl sie der Natur nur das entwendet, was sie notwendig zum Leben benötigt. Die Katze hat keinen Sinn für Diplomatie oder Unterdrückung, wohl aber für ihre Freiheit, die für sie über allem steht. Meine dreifarbige Katze erkämpft sich ihre Freiheit mit Krallen und Zähnen fast jeden Tag, wenn fremde Katzen es wagen, in meinen Garten oder gar in das Haus eindringen zu wollen. Denn mein Besitz ist längst zu ihrem Reich geworden, in dem sie keine anderen Katzen duldet. Ganz wie unser guter, aber auch eifersüchtiger Gott, neben dem wir keine anderen Götter haben dürfen. Manchmal bin ich versucht zu denken, wenn Gott Mensch werden konnte, kann er auch Katze werden, so vollkommen erscheint mir dieses Tier. Aber ich würde nie wagen, diesen Gedanken auszusprechen, und bitte bewahre auch Du ihn in Deinem Herzen.

Die Katze legt großen Wert auf ihre persönliche Freiheit, schmeichelt nur, wenn sie es mag. Sie kommt nicht, wenn ich sie rufe, es sei denn, der Sinn steht ihr danach. Ich habe keine anderen Tiere gesehen, die so frei und unabhängig ihr Leben einrichten. Erinnerst Du Dich? Auf dem Aventinhügel steht der Tempel der Libertas, den der römische Konsul Tiberius Sempronius Gracchus vor der Geburt unseres Herrn erbaut hat. Darin kann man die als Frauengestalt dargestellte Allegorie der Freiheit betrachten. Zu ihren Füßen liegen ein abgeworfenes Joch und zerbrochene Ketten. Neben ihr sitzt eine Katze, den Schwanz um die Vorderpfoten gelegt. Die Katze galt schon im heidnischen Rom als Symbol der Freiheit. Damals, als ich noch in Rom weilte, habe ich nicht darauf geachtet. Aber nun ist es mir wieder eingefallen, und diese Erinnerung hat ein tiefes Verständnis in mir geweckt.

Doch zuletzt preise ich als vorzüglichste Eigenschaft der Katze ihre Verteidigung meiner Bücher und Schriften gegen die frechen Angriffe der Nager. Sie ist das bewährte Schutzschild meiner Bibliothek.

Bücher waren ja schon immer mein Leben. Habe ich Dir, mein Freund, schon diese entsetzliche Geschichte von meinem Vater erzählt? Alle meine Bücher, die ich als junger Mann zusammentragen konnte, wurden von meinem Vater als Hindernis für ein Studium angesehen, das als Quelle lukrativer Einkünfte galt. Ich habe sie deshalb in einem Schlupfwinkel verborgen. Schließlich musste ich aber mit eigenen Augen ansehen, wie sie herausgezogen und den Flammen übergeben wurden. Mir war, als würde ich selbst ins Feuer geworfen. Daraufhin hat mir mein Vater, wie ich mich gut erinnere, als er mich so schwermütig sah, zwei Bände, die schon angekohlt waren, aus der Glut gezogen und hielt mir, während ich noch weinte, in der rechten Hand Vergil und in der linken die rhetorischen Werke Ciceros entgegen und sprach: »Nimm. Heb dir diesen Vergil auf, um Dir bisweilen den Geist aufzufrischen und den Cicero als Hilfe beim Studium der Rechte.« Seitdem sammele ich Bücher. Und die Katze beißt alle nagenden Angreifer tot oder schlägt sie in die Flucht. Dafür soll sie nach ihrem Tod einbalsamiert und durch eine Grabnische über der Tür zu meiner Bibliothek für ewig geehrt werden. Magst Du, dies ist mein letzter

Wunsch, für die Inschrift des Grabes ein Epigramm dichten? Ich bin dazu nicht in der Lage. Zu sehr liebe ich sie, als dass ich ihren Tod vor der Zeit besingen könnte.

Und sei nun zum Schluss nicht erstaunt, wenn ich diesen einen Gedanken als Saldo meiner letzten Zeit betrachte: Die Menschheit lässt sich grob in zwei Lager einteilen. In Katzenliebhaber und in vom Leben Benachteiligte.

Lebe wohl für immer.

[Unterschrift unleserlich], am 8. Juli 1374 zu Arquà

Bruder Medardus

Der Heilige Abend

Das Kloster der Benediktiner erhebt sich wie eine Trutzburg weithin sichtbar auf der rauen Hochebene. In den unterhalb der Abtei gelegenen Dörfern wütet die Pest, lange Winter und nasskalte Sommer haben in den letzten Jahren die Ernteerträge arg geschmälert. Sie reichen kaum zum Überleben und für das Saatgut, das im Frühjahr benötigt wird. Die Menschen im Land darben. Nicht so die Mönche. Auf ihnen scheint der Segen Gottes zu liegen. Jedenfalls sind ihre Vorratskammern noch gut gefüllt.

Nach dem Morgenmahl steigt Bruder Medardus auf den Dachboden des Klosters, um die Katzen zu füttern. Er kann seinen Arbeitstag nicht beginnen, ohne den Tieren diesen Dienst erwiesen und sich um ihr Wohl gekümmert zu haben. Der hochgewachsene und korpulent gebaute, ja fast massige Mönch legt vor der Treppe zum Boden schnaufend eine Pause ein und stellt den Eimer mit Küchenabfällen auf dem Boden ab. Viel ist es nicht, was er für die hungrigen Mäuler in der Fastenzeit ergattern konnte, am Morgen des 24. Dezember Anno Domini 1485. Er hört die Katzen auf dem

Holzboden schon kratzen und schreien, sie haben ihn längst bemerkt. Auch ihm knurrt der Magen. Seit einem Monat fasten die Mönche bereits. Wie in jedem Jahr vor Weihnachten und überall in den Klöstern. Doch bis vor zwei Tagen haben wenigstens noch Salzbrezeln, Lebkuchen und leichtes Fastenbier auf dem Tisch gestanden. Gestern gab es nichts als dünne Suppe, trockenes Brot und Wasser. Heute ist es um den Speiseplan nicht besser bestellt. *Was soll da für die Katzen übrig bleiben?*

Medardus zählt mit seinen fünfundsechzig Jahren zu den Alten der Abtei. Nach fast zwei Jahrzehnten im Scriptorium hat ihm der Abt nach dem Tod des Bibliothekars vor mehr als fünf Jahren überraschend dessen Amt anvertraut und ihn drei Jahre später außerdem als Prior eingesetzt. Diese beiden Ernennungen haben bei einer Mehrheit der Mönche heimliches Murren ausgelöst. Ist es doch ein offenes Geheimnis, dass Bruder Medardus und der Medicus gemeinsam mit einigen anderen Hussiten auf der Flucht vor der Inquisition im Kloster Unterschlupf gefunden hatten. Dies liegt zwar schon viele Jahre zurück, ist jedoch bis heute nicht vergessen. Einige Mäuler wollen sogar wissen, dass der Abt die Gruppe der Abtrünnigen nur um des Medicus willen aufgenommen habe. Franz, so der Name des böhmischen Priesters, hatte trotz des päpstlichen Chirurgieverbots für Mönche und Geistliche an der medizinischen Fakultät der Prager Universität promoviert und sich anschließend als Arzt über die Stadt hinaus einen ansehnlichen Ruf erworben, bis er mit anderen Brüdern zur Flucht gezwungen wurde.

Bruder Medardus denkt selten an diese Zeit zurück. Aber die Katzen erinnern ihn oft an seine ersten Monate im Kloster. Er hat sich damals schnell mit ihnen angefreundet. Die Mäusejäger sind immer morgens und abends auf dem Dachboden anzutreffen, wo sie begierig ihre Zufütterung erwarten. Bruder Medardus vergisst die Klosterkatzen nie. Jeden Morgen und jeden Abend, nach der ersten und nach der letzten Mahlzeit des Tages steigt der Stellvertreter des Abtes die Treppen bis zum Dachstuhl empor, um sie zu füttern.

Im Osten taucht am Horizont der Streif der Morgendämmerung auf. Aber noch steht der Vollmond hoch über der verschneiten Landschaft. Draußen herrscht eine Eiseskälte; hier oben ist es nicht viel wärmer. Bruder Medardus denkt an die Menschen in den umliegenden Dörfern, an ihren Hunger und ihr Leid. *Auf ihre Kosten geht es uns gut, sogar in der Fastenzeit. Und dank unserer Katzen ist der Mäusefraß in unseren Kellern kaum bemerkbar*. Aber diese Gedanken, dazu muss er sich immer wieder ermahnen, darf er nie aussprechen. Die Zeit der Hussiten liegt lange zurück. Wie die Armutsorden vor ihnen sind sie als Ketzer verschrien und wurden in unzähligen Scharmützeln mit der Papstkirche zerrieben. Heutzutage gefällt sich die Kirche lieber in Pracht und Größe, nicht in Demut und Verzicht.

Bruder Medardus wird von zwölf Katzen schreiend begrüßt.

»Morgen«, murmelt er leise vor sich hin. »Morgen wird ein Festtag. Dann ist die Fastenzeit vorbei.«

Die beiden dreifarbigen Katzen lecken ohne Begeisterung an den feuchten Brotresten. Alle anderen schnuppern nur kurz, schütteln ihre rechte Vorderpfote und lagern sich abseits der Fressnäpfe, tief beleidigt, als hätte er ihnen Verfaultes in die Schalen getan. Doch der Graue bereitet Bruder Medardus Kummer, der älteste von allen. Er liegt, kaum sichtbar, in einer Ecke des Dachstuhls unter einem schrägen Balken und kommt nicht hervor. Der Mönch hockt sich vor ihn und streichelt ihm sanft den Kopf. *Sein Fell ist stumpf geworden*, denkt Medardus. Der Graue bleibt liegen, leckt jedoch mit seiner rauen Zunge schnurrend die Finger des Mönchs.

»Bist schon fast siebzehn Jahre hier«, flüstert Bruder Medardus ihm zu. »Als ich dich und deine Geschwister zum ersten Mal gesehen habe, da hattet ihr noch nicht die Augen auf.« Die Brüder und Schwestern des alten Katers sind längst nicht mehr auf dieser Welt. Medardus möchte es nicht aussprechen, nicht einmal denken, aber die Tage des Grauen sind wohl gezählt. Ihm kommt ein Vers aus dem Kohelet in den Sinn. *Wer weiß, ob die Seele der Menschenkinder emporsteigt, die Seele des Tieres aber unter die Erde hinabfährt?*

Bruder Medardus geht zurück zu den anderen Katzen, die jetzt in der Mitte des Raumes auf ihn warten. Er kniet sich auf die harten Eichenbohlen und wird von allen umkreist. Sie reiben ihre Köpfe an seinen Oberschenkeln, seinem Rücken und strecken sich seinen kräftigen Händen entgegen. Wenig später läutet die Turmglocke zum nächsten Stundengebet. Er muss sich eilen. Der Herr Abt duldet keine Nachzügler, auch wenn er durch seine plötzlich aufgetretene Krankheit sichtlich geschwächt ist.

Morgen, freut sich Medardus beim Abstieg zur Abteikirche, *morgen wird ordentlich aufgetischt. Dann wird der Eber gebraten, rogenreicher Hering wird fett in den Schüsseln liegen, dicke Bohnensuppe und Linsen werden in den Tellern dampfen, und der Küchenbruder wird überdies mit frisch gebackenem Brot und Salz sowie mit süßen Äpfeln aufwarten. Und dazu das dunkle Starkbier …*

Im Kukullenraum erwartet ihn Bruder Franz, der Medicus des Klosters, schon ungeduldig.

»Der Zustand unseres Herrn Abtes hat sich verschlechtert. Ich musste ihn vorhin zur Ader lassen. Er lässt ausrichten, dass du das Konventamt zu leiten hast. Und suche ihn gleich danach auf. Ich habe den Herrn Abt im Krankensaal untergebracht. Da liegt, Gott sei Dank, niemand außer ihm.«

Bruder Medardus spürt, wie sich sein Herzschlag beschleunigt. *Ausgerechnet jetzt diese Verantwortung, den Abt vertreten zu müssen!* Schon heute wird, wohl um die Mittagszeit, Konrad von Münster im Kloster eintreffen. Der scharfzüngigste Prediger im Heiligen Römischen Reich Deutscher Nation. Ein Pferdebote hat ihn angekündigt. Medardus streift sich rasch das liturgische Gewand über. Er hat jetzt keine Ruhe zum Nachdenken und verlässt den Raum. Sein alter Weggefährte, Bruder Albert, einer der Scriptoren des Klosters, hält Medardus am Ausgang des Kukullenraums auf und flüstert ihm zu, er sei mit der Abschrift fertig, Medardus könne sie nach dem Konventamt in Empfang nehmen. Die auf feinstem Pergament geschriebene und prächtig illustrierte Kopie der päpstlichen Bulle *Summis desiderantes affectibus* ist ein vom Abt in Auftrag gegebenes Geschenk für Konrad von Münster, dessen Besuch dem Kloster schon vor Wochen angekündigt worden war. Bruder Medardus nickt dem Scriptor unwirsch zu. Er würde die Bulle am liebsten den Flammen übergeben. Aber das hätte sehr unangenehme Folgen für ihn.

Nur ein paar Kerzen leuchten im Statio, der nordöstlichen Verlängerung des Kreuzganges, die zum Eingang der Kirche führt. Dort stehen die Mönche im flackernden Dämmerlicht in mehreren Reihen hintereinander. Am Eingang zur Abteikirche wird Bruder Medardus vom Türöffner bereits ungeduldig erwartet. Der wechselnde Dienst des Ostiariers wird in dieser Woche von Bruder Clemens wahrgenommen. Als Medardus ihm zunickt, nimmt der Bruder eine kleine Glocke zur Hand und lässt sie hell erklingen. Alle Mönche ziehen sich nun die Kapuzen über den Kopf, und der Ostiarier öffnet die schwere Holztür. In einer langen Prozession betreten die Mönche gemessenen Schrittes die Abteikirche. Es ist so kalt, dass ihr Atem als blasser Dampf sichtbar wird. Bruder Medardus intoniert inbrünstig den Hilferuf, mit dem jedes Stundengebet eingeleitet wird:

»O Gott, komm mir zu Hilfe.«

Und der Chor der Mönche antwortet:

»Herr, eile, mir zu helfen.«

Nach dem Gottesdienst begibt sich Bruder Medardus zum Krankensaal, der im Infirmarium eingerichtet ist. In diesem Haus befinden sich außerdem eine Kapelle, eine Küche mit Refektorium, die Wärme- und Badestube, der Aderlassraum sowie eine gesonderte Latrine. Auch die Apotheke ist dort untergebracht.

Zur Weihnachtszeit sind alle Innenräume des Klosters mit Tannengrün geschmückt. Der aus heidnischer Zeit stammende Brauch beschwört in den kältesten Tagen des Jahres die Wiederkehr des Sommers und ist ein Symbol der Hoffnung auf die erlösende Heilstat Jesu Christi und die Auferstehung zum ewigen Leben.

Der Abt liegt unter schweren Decken. Schweißtropfen bedecken seine Stirn, die Augen sind eingefallen und gerötet. Bruder Medardus muss sich tief hinunterbeugen, um ihn zu verstehen.

»Ist die Bulle fertig?«

»Ja, Herr Abt. Bruder Albert hat Euren Auftrag rechtzeitig vollendet.«

»Gott sei Dank. Aber sieh dich vor, Bruder Medardus. Und hüte deine Zunge vor Konrad von Münster. Kein Wort von den Katzen. Unter keinen Umständen, hast du mich verstanden? Du weißt, wie heftig der Prediger die Mäusevertilger hasst. Er ist mächtig und einflussreich, unterschätze ihn nicht. Und den Medicus bekommt er am besten gar nicht zu Gesicht.«

Der Atem des Todkranken geht stoßweise. Das Sprechen strengt ihn an. *Auch du wirst bald zum Herrn gehen*, denkt Medardus und versichert dem Abt, dass er sehr vorsichtig sein und den anderen Brüdern verbieten wird, mit dem Prediger aus Münster zu reden.

»Der Herr sei mit dir.«

Der Abt möchte seinen rechten Arm zum Segen erheben, aber er ist zu schwach.

Das Scriptorium ist der hellste Raum des Klosters. Acht Mönche sitzen an ihren Pulten, die zugeschnittenen Pergamente sind mit dünnen Holzstäben befestigt. So bleiben sie glatt und können bei der Beschriftung und Bemalung nicht verrutschen. Neben den Mönchen sind die zu kopierenden Werke mit schmalen Lederriemen an einem Lesepult fixiert. Das Tageslicht fällt durch die hohen Fenster auf die Arbeitstische der Mönche und ihre Lesepulte. Wenn es dämmert oder dunkle Wolkenschichten den Himmel verfinstern, wird die Arbeit unterbrochen. Denn es ist streng verboten im Scriptorium, das neben der Bibliothek eingerichtet ist, Kerzen anzuzünden. Schon manches Kloster ist in Flammen aufgegangen, weil dieses Verbot missachtet wurde.

In der Mitte des Raumes steht ein langer Holztisch. Auf ihm liegen die Bücher, die den Mönchen zum Nachschlagen dienen. Dort zeigt Bruder Albert dem Prior seine Kopie der päpstlichen Bulle. Zwölf an den Rändern reich illustrierte Blätter, mit kräftigen Fäden geheftet und in dickes Leder gebunden. *Summis desiderantes affectibus. In unserem sehnlichsten Wunsche.* So beginnt die Bulle, und so wird sie auch genannt. Die *Hexenbulle*. Medardus schlägt Blatt für Blatt auf. Bruder Albert hat mit Illustrationen wahrlich nicht gegeizt. Brennende Scheiterhaufen, prächtige Büßer-Prozessionen, Hexen in vielerlei Gestalten. An der Stelle, wo Papst Innozenz VIII. Katzen zu »heidnischen Tieren« erklärt, »die mit dem Teufel im Bunde stehen«, hat Bruder Albert eine Katze gemalt, die vor einem Haufen getöteter Ratten kauert. *Das ist gewagt*, denkt Medardus. In der Bulle, die der Papst vor fast einem Jahr verkündet hat, bezieht sich Innozenz VIII. auf Berthold von Regensburg, der schon vor mehr als zweihundert Jahren gegen Katzen gepredigt hat: »Der Atem, der aus ihrem Halse geht, ist die Pest; und wenn sie Wasser trinkt und es fällt eine Träne aus ihren Augen, so ist die Quelle verdorben: Jeder, der fortan aus ihr trinkt, erfährt den gewissen Tod.« Neben diesem Satz ist in leuchtenden Farben ein Jungbrunnen zu sehen. An seinem Rand hockt eine graue Katze und starrt ins Wasser. Greise Frauen und Männer schreiten in das Wasser und entsteigen ihm als Jungen und Mädchen. *Das ist mehr als gewagt*, denkt Medardus. *Das ist eine unverhüllte Frechheit. Aber hat nicht Papst Gregor I. dereinst das Halten von Katzen in Klöstern ausdrücklich gestattet? Und haben nicht Katzen schon immer in Klöstern gewohnt und die Erträge der Brüder vor lästigen Nagern geschützt?*

Medardus ist sehr einverstanden mit der Kopie der Bulle. Er lächelt Bruder Albert verschwörerisch zu, nimmt die Abschrift und trägt sie in die Arbeitsstube des Abtes. *Soll doch Konrad von Münster vor Wut über die Illustrationen ersticken!* Er betrachtet noch einmal Seite um Seite, bis er das Geräusch trappelnder Pferdehufe auf dem gepflasterten Hof vernimmt. Er hört auch das Poltern eisenbeschlagener Wagenräder und verlässt die Gemächer des Abtes, um Konrad von Münster zu empfangen. Fast zwanzig Soldaten eskortieren die Kutsche des Predigers, von dem es heißt, er sei einer der engsten Vertrauten von Papst Innozenz VIII.

Er ist schmalwüchsig, dieser Konrad von Münster, klein und hager. Die Augen liegen tief in seinem knochigen Gesicht, aber aus ihnen strahlt das Feuer heiligen Eifers. Wie aus einem Kerker befreit steigt er nach mühsamer Reise aus der Kutsche, geht mit festem Schritt auf Bruder Medardus zu und tauscht mit ihm den Bruderkuss. Bald sitzen die beiden im Gästetrakt des Klosters beisammen, und Bruder Medardus staunt nicht schlecht, welche Köstlichkeiten der Adlatus des Predigers aus der großen Vorratstruhe zu Tage bringt, die zwei Soldaten stöhnend von der Kutsche abgeladen und in die Gastkammer geschafft haben.

»Weißt du denn nicht«, sagt Konrad von Münster, als er das bestürzte Gesicht des Priors bemerkt, »dass das Fastengebot nicht für Reisende gilt? Jedenfalls nicht für diejenigen, die eine so beschwerliche und lange

Fahrt im Dienste der Kirche auf sich genommen haben?«

Bruder Medardus hat in seinem Leben noch nichts von einer derartigen Ausnahme vom Fastengebot gehört, aber er reist auch nie und senkt demütig den Kopf.

»Und da es sich nicht schickt«, fährt Konrad von Münster fort, »vor den Augen eines hungernden Bruders zu speisen, entbinde ich dich vom Fasten. Greif zu, nimm auch von dem guten Roten. Lass dich nicht zweimal bitten und sei unserem Herrn und Gott dankbar.«

Auf seinen Wink hin legt der Gehilfe des Predigers Teller und Besteck vor Medardus auf.

»Mit Eurer Güte«, antwortet Bruder Medardus lächelnd, »werde ich für einen geschwächten Bruder nehmen, damit Eure Großzügigkeit nicht ins Leere geht.«

Die Nasenflügel des Predigers zucken missfällig. Was erdreistet sich dieser Mönch, seine Einladung zum gemeinsamen Mahl auszuschlagen und damit ihn, Konrad von Münster, der im Namen des Allmächtigen von Kloster zu Kloster und von Stadt zu Stadt reist, ins Unrecht zu setzen?

»Wie dir beliebt«, sagt der Prediger mit spitzer Stimme. »Nimm, nimm, so viel du tragen kannst. Ich bin jetzt von der Reise ermüdet und möchte bis zum Vespergottesdienst ruhen. Wenn der Herr uns gnädig ist, werde ich morgen im heiligen Konventamt Seine Worte zum Weihnachtsfest verkünden.«

Bruder Medardus nickt und füllt schweigend die Teller. Den Wein rührt er nicht an.

Nach dem letzten Stundengebet des Tages wartet Bruder Medardus, bis Ruhe im Kloster eingekehrt ist. Dann macht er sich auf den Weg zum Dachboden. Heute Abend ist der Eimer für die Katzen mit Leckereien gefüllt. Medardus hat im Lauf der Zeit eine flinke Routine beim Verteilen der hölzernen Fressnäpfe entwickelt. Wie ausgehungert machen sich die Katzen über Fisch und Huhn, Eier und Speckbohnen her. Als Medardus noch überlegt, ob er die Futterschüssel des Grauen in die Ecke stellen soll, die der Kater seit heute früh nicht verlassen zu haben scheint, beobachtet er etwas nie Gesehenes. Die kleine schwarze Katze mit den weißen Pfoten packt mit ihren Reißzähnen das größte Stück Hühnerbrust, das sie in ihrem Napf finden kann. Aber anstatt zu fressen, trägt sie den Leckerbissen in die Ecke, in die sich der Graue zurückgezogen hat. Dort zerbeißt sie das weiße Fleisch in kleine Stücke und legt sie dem Kater vor. Ab und zu schaut sie kurz hinter sich, achtet darauf, dass sich kein anderes Katzentier nähert, um die Happen zu stibitzen. Der Graue hat die Katze bemerkt, aber er frisst nicht. Er liegt auf der Seite, und sein Atem geht schnell. Als Bruder Medardus auf ihn zugeht, faucht die Katze.

»Bist eine gute Katze«, spricht Medardus leise auf

sie ein. »Versorgst deinen kranken Freund mit Futter. Und verteidigst es gegen die Habgier der anderen. Hat man dergleichen je gesehen?«

Nach einer Weile sammelt er die leeren Fressnäpfe ein. Das Futter der Schwarzen haben die anderen Katzen gefressen. Zwei von ihnen wollen nun auch die Bruststücke ergattern, die unberührt vor dem Grauen liegen. Aber die schwarze Katze vertreibt sie fauchend und spuckend.

Weihnachten

Die Mönche sitzen sich im Chor gegenüber. Das aus schwarzem Holz geschnitzte Gestühl ist dreireihig gestuft und reich verziert. Zu jeder Tageszeit herrscht Dämmerlicht in der Kirche, denn ihre spitz zulaufenden Fenster schildern die Passion Christi in dunkelgetönten Glasfassungen. Im Wechselgesang intonieren die Brüder zum heiligen Konventamt den 139. Psalm Davids:

> Danket dem Herrn, denn er ist gütig,
> denn seine Huld währt ewig!
> Danket dem Gott aller Götter,
> denn seine Huld währt ewig!
> Danket dem Herrn aller Herren,
> denn seine Huld währt ewig!

Zum Schluss der Psalmodie erhebt sich Konrad von Münster und schreitet zur Kanzelsäule. Während er Stufe um Stufe erklimmt, bis der Ort erreicht ist, der jeden Prediger weit über die Schar der Gläubigen erhebt, herrscht erwartungsvolle Stille.

Konrad von Münster predigt mit mahnender Stimme. Er besitzt die Gabe, seine Zuhörer in Bann zu schlagen. Die Bedrohung des christlichen Glaubens an den einen dreifaltigen Gott durch Ketzer, Hexen und Irrlehren, die Heimsuchung des Landes durch die Pest als gerechte Strafe Gottes, die Verheißung ewiger Höllenqualen für Feinde der Kirche und Abtrünnige von der wahren katholischen Lehre – all dies versteht Konrad von Münster in grellen Farben und schrecklichen Bildern anschaulich auszumalen. Als er gegen die Katzen als Hexentier, Pestbringer und Verkörperung dämonischer Mächte hetzt, blicken einige Mönche vielsagend auf den Stellvertreter des Abtes.

Bruder Medardus ist über die Predigt entsetzt. Nur Schmähungen, Drohungen und Hasstiraden. An Weihnachten! Kaum ein Wort von der Barmherzigkeit des Allmächtigen, von der Liebe Jesu, vom Heil, das der Sohn Gottes durch seinen Kreuzestod in die Welt gebracht hat.

»Pestprediger!«

Nur dieses eine Wort spricht Bruder Medardus leise aus, und lediglich einige Brüder können es hören. Sie bekreuzigen sich erschrocken, flüstern mit ihren Nachbarn, und im Nu hat die ganze Seite des Chores das Urteil des Priors vernommen. Noch bevor das letzte *Amen* gesprochen ist, hat auch die andere Hälfte der Brüder von der Schmähung des hohen Gastes erfahren.

Nach dem Gottesdienst begeben sich die Mönche in den Konventsaal, wo sie sich jeden Sonntag versammeln. Bruder Medardus ist sich sicher, dass irgendein Neider unter seinen Brüdern Konrad von Münster das unbedacht ausgesprochene Wort zutragen wird. Und er weiß, dass dann für ihn und das Kloster viel auf dem Spiel steht. Konrad von Münster ist kein Mann der Kirche, der Milde walten lässt, wenn er angegriffen wird. Der Abt hat ihn ja gewarnt, vergeblich. *Aber noch*, denkt Medardus, *bin ich der Prior, der Stellvertreter des Abtes. Und ich werde mir das Heft nicht aus der Hand nehmen lassen.*

An normalen Sonntagen beginnen die Mönche beim Eintritt in den hohen, mit Deckenfresken ausgemalten Konventsaal miteinander zu reden. Auf dem Weg von der Kirche durch den Kreuzgang bis zum Konventsaal gilt ein Schweigegebot. Im Konventsaal wird es dann aber rasch laut. Doch heute ist kein normaler Tag. Niemand wagt ein Wort. Die Mönche nehmen auf ihren angestammten Stühlen Platz und warten ab. Die meisten von ihnen halten den Kopf gesenkt.

»Ehrwürdiger Konrad von Münster«, Bruder Medardus eröffnet das Gespräch mit fester Stimme. »Wir danken Euch sehr für die klaren und mahnenden Worte, die wir alle mit großem Gewinn vernommen haben. Allein eine Frage hat sich in mir festgebohrt, zu der ich Euch um weitere Ausführungen bitte, wenn es Euch gefällt.«

Konrad von Münster schaut Medardus mit funkelnden Augen an. Natürlich hat ihm ein Mönch das Wort vom *Pestprediger* hinterbracht. Er nickt dem Stellvertreter des Abtes nur mühsam beherrscht zu.

»Verehrter Konrad von Münster, Katzen sind in der Heiligen Schrift nicht erwähnt und zählen somit nicht zu den unreinen Tieren, die allesamt im Alten Testament aufgeführt sind. Wie also kommt es zu der Anschauung, es handele sich bei ihnen um heidnische Tiere, die mit dem Teufel im Bunde stehen?«

Die Belesenen unter den Brüdern zucken bei dieser Frage zusammen. Sie kennen den Text der Bulle. Die niedergeschriebenen Papstworte als *Anschauung* zu bezeichnen, ist mehr als riskant.

»Nun, Ihr vergesst das Buch *Baruch*«, erwidert Konrad von Münster mit spöttischer Überheblichkeit. »Es zählt sehr wohl zur den heiligen Schriften des Alten Testaments. In ihm warnt der Prophet Jeremia sein Volk vor den Götterbildern der Babylonier: ›Auf ihrem Körper und auf ihrem Kopf lassen sich Fledermäuse,

Schwalben und andere Vögel nieder, ebenso auch Katzen. Daran erkennt ihr, dass sie keine Götter sind.‹«

Einige Mönche nicken. Sie kennen diesen Vers.

»Daraus geht lediglich hervor, dass die steinernen Götterbilder der Babylonier keine Götter sind«, gibt Bruder Medardus zu bedenken. »Gegen die Tiere, die sich auf diesen Steinhaufen niederlassen, wird nichts gesagt. Man zählt ja deshalb auch Schwalben nicht zu den heidnischen Tieren. Aber lasst mich eine weitere Frage stellen. In den Ländern der Götzendiener haben die ersten christlichen Eremiten oft ganz allein gelebt. Nicht wie wir Heutigen in einer klösterlichen Gemeinschaft. Viele von ihnen, so wird überliefert, haben ihr Leben mit Katzen geteilt. Haben sich die ersten Heiligen unseres Glaubens mit dem Teufel verbunden?«

Konrad von Münster runzelt ärgerlich die Stirn. Er ist es nicht gewohnt, in dieser Weise befragt zu werden. Aber er antwortet Bruder Medardus.

»Von den Kirchenvätern lernen wir, dass ein Zusammenleben mit Katzen verderblich für den Glauben ist. Abt Ermoldus berichtet von einem Eremiten, der sein ganzes Leben auf den Herrn ausgerichtet hat und eine derartige Vollendung erreichte, dass er einer Vision Christi teilhaftig wurde. Doch dann trat eine Katze in sein Leben, und der Eremit verlor die Fähigkeit zur visionären Schau. Ermoldus schließt seinen Bericht mit den Worten: ›Niemals sei es der kleinen

Bestie, durch die so viel Böses eintrat, erlaubt, unsere Schwelle zu übertreten.‹«

Konrad von Münster möchte den aus seiner Sicht lästigen Disput beenden, aber Bruder Medardus fährt ihm respektlos über den Mund.

»Verzeiht, hochwürdiger Konrad von Münster, aber der überaus gelehrte und weise Giraldus Cambrensis beschreibt in seinem Monumentalwerk *De instructione principis* einen Eremiten, der sich nach Arbeit und Gebet im Spiel mit seiner Katze erholte. Und er kann darin keinen Makel erkennen. Weshalb auch? Schließlich kämpfen die Katzen erfolgreich unsere vergeblichen Schlachten gegen die erbärmlichen und schädlichen Nager.«

Nun ist es an den Mönchen, sich über Bruder Medardus zu wundern. Heißt es nicht, er hätte niemals den Fuß in eine Universität gesetzt? Wie kann er dann aus einem lateinischen Werk zitieren? Ein Raunen geht durch den Konventsaal. Nicht wenige Mönche sind plötzlich stolz auf ihren Bruder, der so wortgewandt dem berühmten Prediger parliert. Konrad von Münster bleibt dies nicht verborgen. Seine Augen werden schmal, er zischt Medardus an.

»Das ist eine vom Teufel in Umlauf gebrachte Mär. Katzen verderben Wasser und Speisen. Allein ihre Berührung verwandelt jegliche Nahrung in Gift. Dies ist so vielfach bezeugt, dass auch einige wenige, anderslautende und aus dem Zusammenhang gerissene Stimmen an dieser Wahrheit nichts ändern können!«

Bruder Medardus zwingt sich zu einer ruhigen Entgegnung.

»Kein Geringerer als Papst Gregor I., den wir aus gutem Grund auch Gregor den Großen nennen, hat den Klöstern ausdrücklich erlaubt, Katzen zu halten. Dies nicht, weil er Katzen liebte, sondern weil er wusste, dass diese Tiere die Vorräte der Klöster wirksam zu beschützen in der Lage sind.«

Einige Mönche, vor allem der Medicus und der Cellerar sowie die Scriptoren bekräftigen das Argument ihres Bruders durch ein lautes *Amen*, das ein allgemein beifälliges Murmeln nach sich zieht. Zwar schätzen nicht alle Brüder die Zuneigung des Medardus zu den Katzen. Aber dass diese fleißigen Biester den Ratten und Mäusen ordentlich zusetzen, ist allen durch eigene Anschauung geläufig. Dazu braucht es keine gelehrten Beweise.

Konrad von Münster zittert innerlich vor Wut. Dieser einfältige Mönch schafft es tatsächlich, Stimmung gegen ihn zu machen! Aber er holt noch einmal kräftig aus.

»Kaum jemand anderes hat sich in der segensreichen Geschichte unserer heiligen katholischen Kirche mehr mit den Katzen beschäftigt, als die von uns zu Recht als Heilige verehrte benediktinische Glaubensschwester Hildegard von Bingen. Ihr ganzes Wissen über die Katze hat sie in ihrem Werk *Physica* niedergelegt. Dort heißt es: ›Die Katze zieht die schlechten Säfte an; sie ist auf natürliche Weise mit der Kröte und der Schlange verbunden. Mitten in den Sommermonaten, wenn es am heißesten ist, ist die Katze nämlich trocken und kalt und schleckt gern Kröten oder Schlangen ab, um sich an ihrem Saft zu laben, der für sie ein Lebensmittel ist; anders könne sie nicht überleben, sondern sie ginge zugrunde. Und von diesem Saft ist sie sozusagen innerlich giftig; ihr Hirn und Fleisch werden giftig.‹ So, das soll aber für heute genügen. Wir sollten uns dem Herrn zuwenden, anstatt über Dinge zu streiten, die die Heilige Kirche längst endgültig entschieden hat, zuletzt in der päpstlichen Bulle *Summis desiderantes affectibus*.«

Bruder Medardus senkt demütig den Kopf, erhebt sich und lässt sich die Abschrift der Bulle reichen.

»Nehmt dies, verehrter Konrad von Münster, als Zeichen unseres Dankes für Eure Anwesenheit in unserem Kloster. Es ist eine Abschrift der von Euch eben genannten Bulle, auf feinstem Pergament und mit prächtigen Bildern unserer besten Illustratoren.«

Überrascht und etwas milder gestimmt nimmt Konrad von Münster die Abschrift entgegen. Bruder Medardus aber kann nicht anders, als noch eine Bemerkung anzubringen.

»Seien wir gemeinsam froh, dass dieses herrliche Buch nicht dem Mäusefraß zum Opfer gefallen ist. Wir wissen ja, dass die unbarmherzigen Nager selbst vor Pergament und Papyrus nicht haltmachen.«

Es sind nicht diese Worte, die Konrad von Münster erneut in Wut versetzen, es sind die Illustrationen der kostbaren Kopie. Als er die Katzenzeichnungen sieht, springt er auf und stürmt wortlos aus dem Konventsaal. Wenig später berichtet der Pförtner des Klosters den Mönchen, dass der Prediger seine Soldaten und Diener zusammengerufen und die sofortige Abreise befohlen hat.

Bruder Medardus weiß, dass er zu weit gegangen ist. Er hat ein Gewitter heraufbeschworen, dass sich mit Wucht über dem Kloster entladen wird. Dennoch ist ihm nicht bange. Im Gegenteil! Selten hat er sich so gelöst, ja sogar heiter gefühlt. Er sieht sich im Kreis der Brüder um und schaut in Gesichter, die ihn mit Bewunderung betrachten. Ihnen ist anzusehen, dass sie stolz auf Medardus sind, jedenfalls die meisten. Als die Turmglocke ertönt, steht Bruder Medardus auf. Es ist Zeit für das mittägliche Stundengebet. Und mit ihm ziehen die Mönche schweigend durch den Kreuzgang in die eiseskalte Abteikirche.

Beim Einzug der Mönche in das Refektorium stehen die Schüsseln mit dem dampfenden Mittagsmahl bereits auf den Tischen. Das Ende der Fastenzeit ist gekommen! Die Küchenbrüder haben gekocht, gebraten und gesotten, was der Vorratskeller hergibt. Bruder Medardus nimmt den Platz des Abtes unter dem Kruzifix ein und klopft nach dem gemeinsamen Dank zum Beginn der Mittagsmahlzeit mit einem geweihten Bernstein auf den Tisch. Die Mönche dürfen nun zugreifen, und im Nu füllen sich ihre leeren Mägen mit den köstlichsten Speisen, mit Wein und Starkbier.

Bruder Medardus denkt an die Katze, die schwarze mit den weißen Pfoten, die gestern Abend dem kranken Kater von ihrem Futter abgegeben und heute früh neben dem Grauen gehockt hat, als wolle sie ihn beschützen. *Das ist Nächstenliebe!* Dabei kommt ihm ein Gedanke, ein so ungeheuerlicher, gänzlich neuer Gedanke, dass es ihn schwindelt. Er legt seinen Esslöffel auf den Tisch und betrachtet seine Brüder, wie sie fröhlich essen und trinken, sich ordentlich sättigen nach der langen Zeit des Fastens. Er sieht, dass die Schüsseln nach der Mahlzeit immer noch halbvoll sind. Und sein Gedanke nimmt Gestalt an. *Im Grund ist der Gedanke gar nicht neu*, denkt Medardus. *Aber er ist in Vergessenheit geraten. Eine reiche, satte Kirche hat ihn im Lauf der Zeit einfach fallengelassen. Weggeworfen wie unerwünschten, überflüssigen Ballast.*

Es ist ein alter Brauch in diesem Kloster, dass die Mönche nach dem Essen ihr Mundtuch auf den Tisch legen. Wenn der letzte Bruder dieses Zeichen gegeben hat, klopft der Abt erneut mit dem Stein auf den Tisch und beendet so die Mahlzeit. Die Mönche verlassen dann nach einem kurzen Dankgebet gemeinsam das Refektorium.

Heute ist es anders. Die Brüder schauen erstaunt hoch, als Medardus eben nicht den Bernstein ergreift, sondern sich erhebt und auf die kleine Refektoriumskanzel steigt. Er schlägt mit ruhiger Hand die Bibel auf.

»Liebe Brüder, ich lese für Euch aus dem Evangelium des Apostel Lukas: ›Und Jesus ging heraus und sah das große Volk; und es jammerte ihn derselben; denn sie waren wie die Schafe, die keinen Hirten haben; und er fing an eine lange Predigt. Da nun der Tag fast dahin war, traten seine Jünger zu ihm und sprachen: Es ist wüst hier, und der Tag ist nun dahin; lass sie von dir, dass sie hingehen umher in die Dörfer und Märkte und kaufen sich Brot, denn sie haben nichts zu essen. Jesus aber antwortete und sprach zu ihnen: Gebt ihr ihnen zu essen. Und sie sprachen zu ihm: Sollen wir denn hingehen und für zweihundert Groschen Brot kaufen und ihnen zu essen geben? Er aber sprach zu ihnen: Wie viel Brot habt ihr? Gehet hin und sehet! Und da sie es erkundet hatten, sprachen sie: Fünf, und zwei Fische. Und er gebot ihnen, dass sie sich alle lagerten, tischweise, auf das grüne Gras. Und sie setzten sich nach Schichten, je hundert und hundert, fünfzig und fünfzig. Und er nahm die fünf Brote und zwei Fische, sah zum Himmel auf und dankte und brach die Brote und gab sie den Jüngern, dass sie ihnen vorlegten; und die zwei Fische teilte er unter sie alle. Und sie aßen alle und wurden satt. Und sie hoben auf die Brocken, zwölf Körbe voll, und von den Fischen. Und die da gegessen hatten, waren fünftausend Mann.‹«

Bruder Medardus bleibt einen Moment still auf der Kanzel stehen. Dann fährt er fort.

»Und nun schaut auf die Schüsseln. Sie sind noch halb gefüllt. Heute, am Festtag des Herrn, zu Weihnachten, werden wir den Worten Christi folgen. Wir werden Schüsseln nehmen, sie ordentlich auffüllen und in die Dörfer gehen. Dort werden wir die Armen speisen. Die, die nicht freiwillig gefastet haben, bei denen heute keine gefüllten Schüsseln auf den Tischen stehen. Wir denken dabei auch an das Wort des Herrn, das uns der Apostel Matthäus überliefert hat. ›Was ihr getan habt unter diesen meinen geringsten Brüdern, das habt ihr mir getan.‹ Wir werden die Kranken, die Armen, die Geringsten am Tag des Herrn mit Speisen beschenken. Wir werden uns jetzt auf den Weg machen. Dies ordne ich hiermit als Prior des Klosters an.«

Die winterliche Sonne steht auch mittags tief und

strahlt mit voller Kraft von einem wolkenlosen Himmel durch die hohen Fenster in das Refektorium. Dort ist es sehr still. Ein solch unerhörtes Ansinnen haben die Mönche noch nie vernommen. Sie sollen in die Dörfer zu den Bauern gehen und die Armen beschenken? Ihre köstlichen Speisen und würzigen Getränke mit Pestkranken und Totgeweihten teilen? Bruder Medardus schaut sich um und blickt fast ausnahmslos in entsetzte Gesichter. Aber niemand wagt ein Widerwort gegen den Stellvertreter des Abtes, der gerade den berühmtesten Prediger ihrer Zeit in die Schranken gewiesen hat. Bruder Medardus kehrt zu seinem Platz zurück, spricht das Dankesgebet und beendet die gemeinsame Mahlzeit.

Zum abendlichen Vespergebet sind alle Mönche wieder versammelt. Sie sind pünktlich aus den Dörfern zurückgekehrt. Medardus führt seine Brüder zum Klang der Orgel in die Abteikirche, die wie immer eiskalt ist. Diesmal aber spüren sie die Kälte kaum. Sie haben kaum vorstellbares Elend gesehen. Hungernde Kinder, frierende Frauen, Männer ohne Hoffnung, bekümmerte Greise und abgemagertes Vieh. Schmutz, Krankheit und Siechtum. Aber auch überraschte Freude, tiefe Dankbarkeit und leuchtende Augen in den Gesichtern der Kinder. Morgen wollen sie sich noch einmal auf den Weg machen. Morgen, am zweiten Weihnachtstag.

Die Schwarze hockt immer noch vor dem Dachbalken, aber sie faucht nicht, als Bruder Medardus sich ihr nähert. Sie schreit nur kurz und geht dann zu ihrem Futternapf. Der Graue atmet nicht mehr. Sein Fell ist stumpf und kalt. Heute wartet Medardus nicht, bis die Katzen gefüttert sind. Heute müssen sie ohne sein Streicheln auskommen. Er nimmt den leblosen Körper und trägt ihn hinunter zur Friedhofsmauer. Dort, wo schon viele Katzen begraben sind, legt er ihn sanft in den Schnee. Im Kloster ist es ruhig. Die Mönche haben sich zur Nachtruhe gelegt. Nur der Medicus wacht mit zwei Brüdern beim Abt, der wohl in dieser Nacht zum Herrn gehen wird.

Medardus holt eine Hacke aus dem Schuppen und plagt sich mit dem harten Boden ab. Er gerät dabei ins Schwitzen, aber seine Finger werden immer klammer. Bald kann er kaum noch zupacken. Aber dann ist die kleine Grube ausgehoben. Er bettet den Grauen in das Grab und bedeckt ihn mit dem Geröll. Nach einem kurzen Gebet zieht er mit seinen eisigen Fingern die kleine Flasche Kräuterlikör aus seiner Kutte, die er sich nach der Abendmahlzeit vom Cellerer hat geben lassen. Er zieht den Korken mit den Zähnen, denn seine Finger sind steif. Medardus trinkt einen langen Schluck, der ihn angenehm wärmt, und betrachtet den Mond, der voll am Himmel steht.

Warst bei Gott ein verflucht guter Mäusefänger

und ein alter Freund. Und wenn die Schwarze nicht ihr Futter mit dir geteilt hätte, wären die Brüder heute nicht in den Dörfern gewesen, um die Armen zu beschenken. Warum sind wir nicht früher, nicht selbst darauf gekommen? Am Tag des Herrn an die Armen und Kranken zu denken? Sie zu beschenken? Wer weiß, vielleicht folgen ja andere unserem Beispiel.

Bruder Medardus wischt sich mit dem Handrücken Tränen aus den Augen. Er trauert, ist aber gleichzeitig glücklich. Denn seine Brüder haben heute etwas Neues begonnen. Und sind voller Freude ins Kloster zurückgekehrt.

Na ja, nicht alle, denkt Medardus. *Aber doch einige. Jedenfalls mehr, als ich erwartet habe.*

Schnell ist die Flasche leer. Medardus tritt das Geröll fest. Dann macht er sich auf den Weg zum Infirmarium. Vor dem Eingang schaut er sich noch einmal um und betrachtet nachdenklich die dunkle Grabstelle in der hell funkelnden Schneefläche.

Grauer Kater, du bist nicht weggegangen, bist nur vorgegangen.

Die Brockenkatze

In dem muffigen Zimmer seiner Unterkunft in Altenau verschnürte der hohe Beamte des Herzogtums Sachsen-Weimar-Eisenach am 10. Dezember 1777 sein Reisegepäck mit großer Sorgfalt, denn draußen schneite es dicht in nassen Flocken. Er war vor zwölf Tagen zu einer dienstlichen Erkundung des Harzes aus Weimar aufgebrochen und reiste seitdem unter falschem Namen, wozu ihn gute Gründe veranlasst hatten. Als Heimatstadt gab er Darmstadt an, was auch nicht der Wahrheit entsprach, obwohl seine Geburtsstadt nicht weit von Darmstadt entfernt lag. Der Achtundzwanzigjährige nannte sich Johann Wilhelm Weber und gab sich als Kunstmaler aus.

Nach seiner Ankunft in Weimar vor knapp zwei Jahren hatte er als enger Berater des Herzogs Carl August in rasanter Geschwindigkeit eine steile Karriere gemacht und fand sich bald in höchsten Staatsämtern wieder. Trotz offener Proteste der ungehaltenen Beamtenschaft hatte er kein Amt, das der Herzog ihm antrug, abgelehnt. Er malte und zeichnete tatsächlich viel, und seine Werke fanden einige Anerkennung, doch schlagartig berühmt geworden war er vor drei Jahren durch einen Roman, der ihn in ganz Europa bekannt gemacht hatte. Der unverhoffte Ruhm war ihm nicht zu Kopf gestiegen, raubte ihm aber viel Zeit. So musste er, wie er selbst einmal schrieb, *manchen schriftlichen Andrang erdulden.*

Auf seiner Reise durch das Harzgebiet mochte er nicht mit seinem gerühmten Werk in Verbindung gebracht werden und bevorzugte deshalb die Stille des Inkognito. Er ritt oft bis in die tiefe Nacht hinein, auf Wegen, die eher schlammigen Flussbetten glichen, durch Stürme, Regen, Schnee und Eiswind. Meistens ließ er sich von Einheimischen von einem Ort zum anderen führen. Manchmal aber musste er sich auf Wegbeschreibungen verlassen. Das eigentliche Ziel seiner Reise lag nun endlich greifbar nahe.

Nachdem sein Pferd gesattelt und bepackt war, brach er im Dunkeln auf. Gestern hatte er am Abend seiner Weimarer Geliebten in einem Brief gestanden, dass er an keinem Ort seiner Reise Ruhe gehabt habe, dass er morgen aber endlich seinen Sehnsuchtsort erreichen wolle, wenn er einen Führer durch Eis und Schnee fände. Johann Weber war auf dem Weg zur Försterei Torfhaus am Fuß des Brockens, von der aus er den Berg am selben Tag erklimmen wollte. Man hatte ihm zwar in den vergangenen Tagen überall versichert, dass eine winterliche Besteigung des verschneiten Brocken unmöglich sei und dass der Förster Christoph Degen sich unter keinen Umständen bereit erklären würde, ihn hinaufzuführen; aber unser Mann hatte nur gelacht und sich gern und Mut machend daran erinnert, dass er schon manch andere Unmöglichkeit überwunden hatte.

Der Schnee lag tief und schwer am Boden, und obwohl sein Pferd frisch und ausgeruht war, brauchte er gut zwei Stunden bis zum Torfhaus, wo zum Glück bereits Licht brannte. Der Förster Degen war ein rundlicher Mann von einundvierzig Jahren und nicht mit üppigem Haarwuchs gesegnet. Obwohl sein Gast unangekündigt hereinschneite, begrüßte er Johann Weber herzlich und bot Morgentrunk, Brot und kaltes Wildbret an. Als Johann Weber nach der Stärkung den Wunsch äußerte, noch am selben Tag auf den Brocken geführt zu werden, legte sich ein ungläubiges Staunen auf das freundliche Gesicht des Försters.

»Werter Herr, es gibt weder Weg noch Steg auf den Brocken, hier gleich hinterm Haus beginnt die Wildnis. Schauen Sie selbst.« Er zeigte auf die dichte Nebelwand, die sie durchs Fenster sahen. »Da ist kein Brocken.«

»Aber guter Mann«, entgegnete Weber, »ich weiß, dass Sie den Weg auf den Brocken kennen. Sie haben schon viele dort hinaufgeführt. Und auch wenn man den Brocken jetzt nicht sieht, so ist er doch da!«

»Das ist wohl wahr«, antwortete der Förster. »In den letzten dreizehn Jahren bin ich oft hinauf und hatte

Verantwortung für so manche hochwohlgeborene Herrschaft. Aber doch nicht mitten im Winter. Noch nie ist jemand durch diesen Schnee auf den Gipfel gestapft. Sie haben ja keine Vorstellung, was da draußen auf Sie wartet! Steine und umgestürzte Bäume, glitschige Untergründe und ein Nebel, in dem Irrwege fast unvermeidlich sind. Kein verlässlicher Pfad. Und dazu dieser tiefe Schnee. So viel Schnee habe ich mein Lebtag nicht gesehen. Jeder Schritt kann ein verhängnisvoller Fehltritt sein, wo es doch an manchen Stellen steil hinabgeht. Nein Herr, das schlagt Euch bitte aus dem Kopf.«

»Ich bin nicht wochenlang durch Wind und Wetter gereist, um jetzt aufzugeben«, sagte der Maler und ließ einen Louisdor auf den Tisch springen. Er zeigte aus dem Fenster. »Der Brocken ist da oben. So gewiss wie dieses Fünftalerstück Ihres ist, wenn Sie mich hochführen.«

Christoph Degen schaute begehrlich auf das Geldstück. Für ihn ein kleines Vermögen. Nie zuvor hat jemand so viel geboten.

»Tja, wenn der Nebel verschwände und die Brockenkatze käme, dann könnte man vielleicht ...«

»Die Brockenkatze?«

Der Förster erhob sich und verschwand in einem Nebenraum, um mit zwei randvollen Bierkrügen zurückzukehren.

»Niemand weiß, woher sie stammt. Vor drei Jahren tauchte sie plötzlich auf. Hier vor der Hütte.«

Er prostete Weber zu und trank einen Schluck Bier.

»Und, was hat es mit der Brockenkatze auf sich?«

Christoph Degen wischte sich den Schaum von den Lippen.

»Nun, sie hat mich schon oft auf den Brocken begleitet, geht wohl manchmal auch allein auf den Berg. Möglicherweise sogar im Winter. Jedenfalls beobachte ich hin und wieder, wie sie durch den Schnee in Richtung Gipfel verschwindet.«

»Ich habe noch nie von einer Katze gehört, die auf Berge steigt«, lachte Weber. »Was für einen Bären wollt Ihr mir aufbinden?«

»O doch«, widersprach der Förster. »Unser junger Landesherr, Graf Heinrich Ernst zu Stolberg-Wernigerode, den ich bereits mehrfach auf den Brocken geführt habe, berichtete nach einer langen Reise ins Kurfürstentum Bayern von Katzen, die Berge erklimmen, aber immer wieder in die Ortschaften zurückkehren.«

Johann Weber lachte.

»Wenn diese Katze allein auf den Brocken steigt, dann ist sie wohl ein Hexentier? Man munkelt ja so allerhand über Unholde und Gespenster, Hexen und Teufelserscheinungen.«

Dabei zeigte er in Richtung des Brocken.

»Mag sein.« Der Förster wiegte bedächtig seinen

Schädel. »*Die Hexen drehen sich im Tanz, wie junge Katzen mit dem Schwanz.* So sagt man jedenfalls bei uns.«

Inzwischen hatte sich der Nebel ein wenig gelichtet. Als schließlich sogar die Sonne durchbrach, kratzte es vernehmlich an der schweren Holztür.

»Das ist sie«, sagte Christian Degen mit einem Blick auf den Louisdor, der immer noch wie eine Verlockung auf dem Tisch lag. Als er öffnete, betrat eine Katze laut maunzend die Küche und setzte sich vor den Kamin, in dem dicke Holzscheite prasselten. Johann Weber hatte noch nie eine solch große Katze gesehen, auch noch keine mit langem Fell. Das Tier war graugetigert und musterte den fremden Gast mit ihren grünen Augen misstrauisch, aber nicht feindselig. Der Förster stellte eine Schale mit Ziegenmilch vor ihr ab, und sie begann zu schlecken.

»Schauen Sie«, rief Weber und zeigte auf das Fenster.

Der Nebel war nun vollständig verflogen, und die Wolkenfelder hatten sich aufgelöst. Vor ihnen lag im Schein der hellen Sonne und wie zum Greifen nahe der schneebedeckte Gipfel des Brocken. So klar und scharf und gleißend, dass sie ihre Augen abwenden mussten.

»Auf geht's. Ich beschwöre Sie!« Weber zeigte auf das Geldstück. »Ihr Lohn für den kurzen Weg. So weit ist es doch nicht!«

Die Brockenkatze hatte ihre Milchschale ausgeschleckt und maunzte, als wolle sie Weber beipflichten. Hin- und hergerissen zwischen dem Fünftalerstück auf dem Tisch und der Aussicht auf einen waghalsigen Gang, den bei diesem Wetter noch keiner zu unternehmen sich getraut hatte, beschloss der Förster, die Entscheidung der Katze zu überlassen.

»Nun denn, machen wir uns fertig. Wenn die Katze zum Brocken geht, werden wir ihr folgen. Wenn nicht, brechen wir ab.«

Degen nahm eine Tasche aus derbem Leder zur Hand und packte einen halben Laib Brot, harte Wurst, Käse und eine Flasche Selbstgebrannten ein. Er zeigte in die Ecke neben der Tür und empfahl seinem Gast, sich ebenfalls zwei der selbstgeschnitzten Stöcke mit Eisenspitzen zu nehmen. Um Viertel nach zehn öffnete er die Tür, und die Brockenkatze rannte ins Freie. Bis auf die kleine Fläche vor dem Eingang zum Torfhaus lag der Schnee gut zwei Ellen hoch, war an der Oberfläche aber fest gefroren. Die Katze eilte auf der harten Schneefläche voran und verharrte kurz darauf ruckartig, um sich umzuschauen. Als sie sah, dass die beiden Menschen ihr folgten, maunzte sie und ging weiter. Sie schlug den Weg ein, der zum Brocken führte.

Johann Weber konnte sein Glück kaum fassen. Der Förster dagegen zuckte nur mit den Schultern. Er tat gelassen, als er seinen Rock festzurrte. Im Innern aber war ihm mulmig zumute. Er sprach ein stilles Gebet. *Also dann,* dachte er schließlich, *es soll auf den Brocken gehen. Mitten im Winter. Wir werden ja sehen.*

Ihr Weg führte sie durch einen tiefen Tannenwald dicht am Abbegraben entlang. Sie konnten fest auftreten, der hartgefrorene Schnee trug sie.

»Wie lange werden wir bis zum Gipfel brauchen?«

»Drei Stunden«, antwortete Christoph Degen, ohne zu überlegen. »Wenn wir zügig vorankommen.«

Danach sprachen sie kaum noch miteinander. Jeder war mit sich und seinen Gedanken beschäftigt. Die Brockenkatze hingegen redete viel. Sie lief nicht hin und her wie ein Hund, sondern hielt sich immer ein kurzes Stück vor den beiden und drehte sich ab und zu um, auffordernd maunzend. Sie gebärdete sich, als hätte sie die Führung übernommen.

Als sie aus dem Tannenwald heraustraten, erstreckte sich vor ihnen das Brockenfeld. Ein ausgedehntes Hochmoor, eine weite, glitzernde Fläche aus Eis und Schnee. Dahinter erhob sich unter blauem Himmel schroff und mächtig ihr Ziel, der Brocken. Bis dahin waren sie zügig vorangekommen.

Während sie das Brockenfeld umgingen, achtete Johann Weber kaum auf die Landschaft oder seine beiden Begleiter. Er haderte einmal mehr mit seinem Leben als Höfling und Beamter, das ihn nach Weimar verschlagen hatte, in eine fremdartige Welt, die ihm seine Zeit stahl und ihn zu erdrücken schien mit der Last seiner vielfältigen Verantwortung. Geradezu erschüttert hatte ihn aber kurz vor seiner Abreise aus Weimar ein Brief seines Darmstädter Freundes Merck, dessen Inhalt ihm kolportiert worden war. Gewiss, Merck war schon immer ein aufbrausendes Temperament gewesen, oft unbedacht und schnell mit verletzenden Worten. Dennoch war Weber tief betroffen, dass sein Freund von ihm als jemandem redete, der nun in *fatalen Verhältnissen* stecke, den *sein Genius ganz verlassen hätte. Seine Einbildungskraft scheint erloschen*, hieß es in dem Brief weiter. *Statt der allbelebenden Wärme, die sonst von ihm ausging, ist politischer Frost um ihn her. Und es ist nichts mehr mit ihm anzufangen.* Das eigentlich Schreckliche an diesem Brief aber war, dass er seinem Freund beipflichten musste. Er, dessen Dichtkunst in ganz Europa gefeiert wurde, saß nächtens an seinem Pult und brachte kaum eine brauchbare Zeile zu Papier. Ein Blatt nach dem anderen landete im Kamin statt beim Verleger. Hier ein Gedicht und dort ein Gedanke, gewiss! Aber der nächste große Wurf, eine umfangreiche literarische Arbeit, dazu fehlte ihm einfach die Muße. Ihm schien, als hätte er seine Dichterseele gegen Einfluss und Macht, Geld und Politik eingetauscht.

Ein explosionsartiges Fauchen und Krächzen riss Johann Weber aus seiner Grübelei. Als er vom Boden hochsah, erhob sich ein Rabe in die Luft, und die Brockenkatze schüttelte sich ein paar schwarze Federn aus dem Maul.

»Ein kurzer Kampf«, erklärte der Förster, der Johann Webers verwirrten Gesichtsausdruck bemerkte. »Die Katze hat sich hinter der Schneewehe dort angeschlichen und dann den Raben am Rücken gepackt. Aber ein Rabe ist viel zu groß für sie. Sie kann froh sein, dass der Vogel zu erschrocken war, um sie zu attackieren. Er ist nur schnell hochgeflogen.«

Johann Weber schaute nach oben, und als ihn der schwarze Vogel in Richtung Osten überflog, landeten ein paar Tropfen Blut direkt vor seinen Füßen. Kleine rote Flecken im Schnee. *Der Himmel blutet*, dachte Weber und bückte sich schnell. Er nahm das Gemisch aus Blut und Schnee mit den Fingerspitzen auf und steckte es sich in den Mund. Der Geschmack erinnerte ihn an den metallischen Geruch in den Bergwerksgruben, die er in den vergangenen Tagen besucht hatte. *Blut ist ein ganz besondrer Saft*, dachte er, und in diesem Moment fiel ihm sein Drama wieder ein. Er hatte einen ersten Entwurf nach Weimar mitgebracht, aber bisher nicht die Zeit gefunden, daran zu arbeiten. *Vielleicht nach dieser Reise. Nein, ganz bestimmt nach dieser Reise.*

Die Brockenkatze verharrte einen Moment und hob ihr rechtes Bein ein wenig an. Sie stellte ihre Ohren auf und richtete die Schnurrhaare nach vorn aus. Dann blickte sie zu den beiden zurück und bog rechts in einen dunklen Fichtenwald ein. Christoph Degen stutzte und blieb stehen. Weber schaute ihn fragend an.

»Der Weg zum Brocken geht am Waldrand entlang, nicht durch ihn hindurch. Es wäre zwar eine Abkürzung, ist aber sehr steil und unwegsam.«

Die Katze bemerkte das Zögern der Menschen und maunzte laut.

»Na gut«, sagte der Förster. »Folgen wir der Katze.«

Ein paar Minuten später ging es tatsächlich steil bergan. Die Katze hielt sich jetzt dicht vor ihnen und schaute sich immer wieder um. Christoph Degen und Johann Weber gingen nun hintereinander. Sie traten genau in die Spuren der Katze, die immer wieder kurz stehen blieb und wie prüfend nach links und rechts schaute. Die hohen Fichten standen dicht beieinander. Wäre nicht der helle Schnee gewesen, sie hätten wohl kaum die Hand vor Augen gesehen. Die Schneedecke war nicht mehr so fest wie auf der Ebene. Sie sanken immer wieder bis zu den Knien ein und kamen beim Aufstieg mächtig ins Schwitzen. Oft mussten sie ihre Stöcke zu Hilfe nehmen, um voranzukommen. Die Katze fuhr ihre Krallen aus, wenn sie abzurutschen drohte. Plötzlich hörten sie ein gewaltiges Donnern und Krachen. Sie hielten erschrocken inne.

»Was ist das?«, fragte Johann Weber.

»Leise«, flüsterte der Förster. »Eine Lawine. So tönt nur eine Lawine.«

Die Brockenkatze stand still vor ihnen. Ihr Schwanz peitschte aufgeregt hin und her. Das Geräusch wurde leiser und verstummte schließlich ganz. Die Katze setzte ihren Weg fort und die beiden Menschen folgten ihr. Nach einer knappen halben Stunde erreichten sie eine Anhöhe. Der Förster zeigte nach rechts auf einen etwas höheren Gipfel.

»Das ist der Königsberg. Von hier ist es noch eine gute Stunde.«

Als sie sich umdrehten, um auf die Ebene hinabzuschauen, entdeckten sie, dass unweit der Stelle, wo sie in den Fichtenwald eingebogen waren, die Lawine eine breite Schneise in den Wald geschlagen und den Weg verschüttet hatte. Wie zerbrochene Stöckchen staken entwurzelte Fichten in dem Chaos, das die Lawine angerichtet hatte. Ein graues Gemisch von Schnee, Erde und mitgerissenen Felsbrocken bedeckte die Schneise.

»Wenn wir am Waldrand weitergegangen wären …«

Johann Weber sprach nicht aus, was er dachte.

»Wir haben gut daran getan, der Katze zu folgen«, sagte Christoph Degen und bekreuzigte sich.

In der prallen Sonne erfolgte ihr letzter Anstieg, noch mühsamer und gefahrvoller als der Weg, den sie bisher zurückgelegt hatten. Bald lag die Baumgrenze hinter ihnen, waren unter dem Schnee verborgene Klüfte zu umgehen und vereiste Felsbrocken zu überwinden. Manchmal sanken sie bis zu den Hüften ein und konnten nur an den Ästen dürrer Sträucher Halt finden. Sie hielten sich dicht bei der Katze, folgten ihren Spuren, ohne den von ihr eingeschlagenen Weg in Zweifel zu ziehen, bis sie endlich drei Stunden nach Beginn ihrer Wanderung das Gipfelplateau des Brocken erschöpft, aber glücklich erreichten.

Keine Spur von Nebel und nicht ein Wölkchen am Himmel. Welche Aussicht! Sie erkannten die Doppeltürme des Magdeburger Doms im Osten und im Norden das gewaltige Westwerk des Doms zu Braunschweig. Westlich erstreckte sich ihr Blick bis zu den Ausläufern des Teutoburger Waldes, und im Süden erkannten sie den Gipfel der Wasserkuppe.

»Zeit für eine Stärkung«, sagte Christoph Degen ungerührt und wies auf die Hütte mit dem schneebedeckten Schindeldach, die der Vater des jetzigen Grafen 1736 für Wanderer hatte errichten lassen. Ihre einfachen Steinwände waren mit Moos abgedichtet, das dunkelrote Schindeldach unter einer dicken Schneedecke verborgen. In der Hütte fanden sie Schutz vor dem eisigen Wind. Von der Anstrengung des Aufstiegs hungrig geworden, verspeisten sie Brot, Wurst und Käse, und auch die Brockenkatze schlang gierig die Stücke herunter, die sie ihr zuwarfen. Nachdem die

Katze gesättigt war, zog sie sich in eine Ecke der Hütte zurück und rollte sich im Stroh ein. Der Förster öffnete den Schnaps, der scharf schmeckte und von innen wärmte.

Dann streckte Christoph Degen sich auf seiner Bank aus, um ein wenig zu ruhen. Johann Wilhelm Weber hingegen mummelte sich wieder ein, um die Gesteinsformationen aufzusuchen, die man im Volksmund *Teufelskanzel* und *Hexenaltar* nannte. *Hier soll meine Walpurgisnacht spielen*, dachte er, als er vor den beiden Granitklippen stand. Und in seinem Innern formten sich langsam neue Bilder und Gedanken zu dem Werk, das er bereits vor einiger Zeit begonnen hatte.

Der Förster rief ihm von der Hütte aus mahnende Worte zu. Es sei Zeit zur Rückkehr. Sie müssten mit dem Abstieg beginnen, um noch im Tageslicht heimzukehren. Die Brockenkatze stand neben ihm und maunzte, als würde sie ihm zustimmen. Weber kehrte zur Hütte zurück. Sie packten ihre Sachen zusammen und machten sich umgehend auf den Rückweg.

Zurück in der Försterei, brachte Christoph Degen Rindssuppe mit Weißkohl und Brot auf den Tisch, denn der Abstieg hatte an ihren Kräften gezehrt. Dazu tranken sie Bier und nach dem Essen Schnaps. Im Flackern der Lampen erzählten sie einander von ihren Tageseindrücken und wurden dabei langsam müde und träge.

Bald saßen sie in ihre Gedanken versunken und nicht mehr ganz nüchtern schweigend am Tisch.

Trotz seiner Müdigkeit spürte Weber, wie eine euphorische Unruhe in ihm wuchs. Das Ziel seiner Reise lag hinter ihm, es drängte ihn zurück nach Weimar. Sein nächstes Werk hatte endlich Gestalt angenommen. Er würde eine Tragödie verfassen. Szene um Szene hatte sich auf ihrer Wanderung in seinem Kopf entfaltet. Doch er gab sich keiner Illusion hin. Dieses Werk war nicht in Wochen oder Monaten zu schreiben. Er ahnte, dass er vielleicht sogar Jahre bis zu seiner Vollendung benötigen würde und trank noch einen ordentlichen Schluck Schnaps. Die Rückreise wollte er unter seinem richtigen Namen antreten. Und er würde Merck bald zeigen, dass sein Genius zu ihm zurückgekehrt war.

»Mein Name ist übrigens nicht Weber. Ich bin Johann Wolfgang Goethe.«

Christoph Degen sah ihn fragend an. Er war müde und konnte sich auf Johann Wolfgang Goethe keinen Reim machen. Der Förster las keine Bücher, und als einfacher Untertan des Grafen zu Stolberg-Wernigerode hatte er noch nie etwas von dem *Geheimen Legationsrat* und Mitglied des *Consiliums* am Hof des Herzogs Karl August gehört.

»Johann Wolfgang Goethe, der Autor des *Werther*!«

Am verständnislosen Gesicht des Försters konnte

Goethe ablesen, dass er dem Brockenführer völlig unbekannt war. Die Brockenkatze erwachte, erhob sich und machte einen gewaltigen Buckel. Sie gähnte den Dichter mit weit aufgesperrtem Maul an. Dann legte sich das Katzentier wieder auf dem warmen Dielenboden nieder und drehte ihm den Rücken zu. *Du kannst ja nicht ahnen, wem du heute das Leben gerettet hast*, dachte Goethe belustigt und trank sein Glas Schnaps aus. *Und selbst wenn du es wüsstest, würdest du dich gewiss nicht anders verhalten.*

Nur der Kater war Zeuge

Sonntag

Der Kater liegt auf einer Lichtung am Großen Stein. Seine grünen Augen funkeln in der Mittagssonne, die Pupillen verengen sich zu einem schmalen Schlitz, bis sie kaum mehr sichtbar sind. Er hält die Lider halb geschlossen und genießt die Wärme, wälzt sich langsam über seinen Rücken von einer Seite auf die andere. Noch vor wenigen Minuten hat er eine Libelle bis in den Tümpel verfolgt. Jetzt dampft sein feuchtes Fell im gleißenden Sonnenlicht. Der Kater sieht die fette Fliege, aber er schenkt ihr keine Beachtung, sondern streckt sich, wird länger und länger. Er liegt auf der Seite. Die Spitze seines Schwanzes wippt auf und ab, wird immer langsamer. Bald ruht das ganze Tier. Seine Augen schließen sich, die Ohrmuscheln werden ein wenig aufgestellt.

Jetzt liegt der schwarze Kater mit dem kleinen weißen Fleck auf der Stirn einfach da. Tatenlos, bewegungslos, wunschlos.

»Und, wie geht es Ludwig?«

Die Hausdame der Villa Regina schaute mich mit ihrem verschmitzten Lächeln an und versicherte mir, dass es dem Kater prächtig gehe. Er sei kerngesund, treibe sich nachts herum und lasse in Bezug auf das weibliche Geschlecht nach wie vor nichts anbrennen. »Wie man so hört«, fügte Frau Kurtze hinzu, denn sie selbst bekam den Kater fast nie zu Gesicht. Einmal, aber das ist nun schon länger als ein halbes Jahr her, war sie ihm auf einer Wanderung durch den Freienwalder Forst begegnet, hatte sofort ein Handy-Foto aufgenommen und an mich weitergeleitet. Seitdem war Frau Kurtze auf die spärlichen Informationen über Ludwig angewiesen, die sie von Ernst Weber erhielt, dem Verwaltungsdirektor der Kurklinik in Bad Freienwalde.

»Aber Sie werden Ludwig ja gewiss treffen und mir dann berichten, nicht wahr?«, sagte Frau Kurtze, während sie mich zu meinem Zimmer führte. Ich nickte ihr zu und nahm den Schlüssel entgegen. Ich war froh, mein gewohntes Zimmer zu haben, das mit Balkon und Gartenblick, obwohl ich meinen Aufenthalt kurz entschlossen drei Wochen vorverlegen musste. Mein Verlag hatte mich gebeten, das Manuskript für meinen nächsten Kriminalroman früher als vorgesehen abzugeben. Hier würde ich das schaffen. Der neue Roman war fast fertig, er brauchte nur noch den letzten Feinschliff. Diesen schönsten Teil der Arbeit erledige ich seit vier Jahren in der Abgeschiedenheit der Kurklinik – hier in diesem Zimmer. Meine Kriminalromane um den privaten Ermittler Hans Ziegler, der mit zwei Maine-Coon-Katzen in einem Wohnmobil lebt, kommen inzwischen bei meinen Lesern so gut an, dass ich davon leben kann. Nicht auf großem Fuß, aber immerhin.

Ich machte es mir in einem Sessel bequem. Auf dem Schreibtisch entdeckte ich zwischen verschiedenen Prospekten den Nachdruck einer alten Broschüre über die historische Kurstadt am Rand des Oderbruchs aus dem Jahr 1926. Nach Ansicht des Verfassers war das Moorbad Freienwalde *ein vom Himmel zur Erde gefallenes Stückchen Paradies* und wurde *mit Recht die Perle der Märkischen Schweiz* genannt. Ich legte die vollmundige Werbeschrift zur Seite und nahm den zweiten Band von Theodor Fontanes *Wanderungen* zur Hand, den ich diesmal endlich nicht vergessen hatte. Theodor Fontane hat den märkischen Kurort, wie ich schmunzelnd las, etwas genauer hinschauend und mit einer Prise Ironie so beschrieben: »Freienwalde ist kein Roulette- und Equipagenbad, am wenigsten ein Bad der fünfmal gewechselten Toilette. Der breite Stempel, den die echten und unechten Engländer seit fünfzig Jahren allen europäischen Badeörtern aufzudrücken wussten, hier fehlt er noch, hier ist der komplizierte Breakfast-Tisch noch ein kaum geahntes Geheimnis, hier wird noch gefrühstückt, hier sucht noch kein grüner und schwarzer Tee die alte Herrschaft des Morgenkaffees zu untergraben, hier herrscht noch die vaterländische Semmel. Freienwalde ist eine märkische Stadt geblieben. Kein Wunder. Nicht der Welttourist, nur die Mark selber kehrt hier zum Besuche bei sich ein.« Fontane überliefert auch diese Schreibweise des Städtenamens: Freyenwalde mit Ypsilon, von Freya im Wald. Freya, die germanische Göttin der Liebe und Fruchtbarkeit, ließ ihren Himmelswagen bekanntlich von vier Katzen ziehen.

Ich legte die *Wanderungen* beiseite und dachte an Ludwig. Bei meinem Aufenthalt im vergangenen Jahr hatte ich den schwarzen Kater an der Kaiserquelle zum ersten Mal gesehen. Ich hatte auf einer Bank gegenüber der Quelle gesessen, und mir war die etwa fünfzig Meter weiter links gelegene, winzige Holzhütte aufgefallen. Wohl eine Hundehütte, hatte ich damals gedacht. Doch dann war plötzlich der Kopf eines Katers in der Öffnung des Unterschlupfs aufgetaucht. Ein schwarzer Kopf mit einem kleinen weißen Fleck auf der Stirn. Ludwig war auf mich zugekommen, erst zögernd und vorsichtig, dann neugierig schnuppernd, hatte schließlich seinen Kopf an meinen Beinen gerieben und sich streicheln lassen. Eine Ärztin war zufällig Zeugin dieser Szene geworden, und bald darauf wusste fast das gesamte Klinikpersonal, dass Ludwig sich mit einem Fremden angefreundet hatte.

Das war, wie ich später hörte, bemerkenswert, denn der Kater hielt sich ansonsten von Menschen fern. Ein paar Jahre zuvor war er unversehens auf dem Gelände aufgetaucht und geblieben. Er hatte das bis an das Moorbad heranreichende Waldgebiet als sein Revier in Beschlag genommen und gegen einige Eindringlinge erfolgreich verteidigt. Die Kurklinik und der südlich von ihr gelegene Freienwalder Forst waren seitdem sein Streifgebiet. Niemals hatte er die Gebäude der Klinik betreten, das Personal und die Patienten ließ er links liegen. Ludwig war wohl als Streuner geboren und ein solcher geblieben. Bis zu unserer Begegnung hatte er sich nur von Ernst Weber streicheln lassen – wenn die beiden irgendwo auf dem Gelände zufällig aufeinandertrafen. Doch das kam nicht häufig vor. Der Verwaltungsdirektor der Kurklinik hatte für Ludwig den hölzernen Unterschlupf errichten lassen, in dem der Kater nun den Großteil seines Lebens verschlief.

Als ich auf Seite zehn meines Romans angelangt war, klopfte es an der Zimmertür.

»Guten Tag Herr Berger. Wie schön, dass Sie wieder bei uns sind. Hätten Sie ein paar Minuten Zeit für mich?«

Ich bat Ernst Weber herein. Der Verwaltungsdirektor der Kurklinik war hochgewachsen und für sein Alter auffällig schlank. Er hatte noch ein knappes Jahr vor sich, dann würde er in den Ruhestand gegen. Sein volles Haar war vollständig ergraut. Er trug ein dunkles Brillengestell aus den siebziger Jahren, das heute wieder modern wirkte. Ich wusste, dass er ein brillanter Schachspieler war.

»Wir haben wieder einen Fenstertisch im kleinen Speisesaal für Sie reserviert«, teilte er mir lächelnd mit. Ich schaute ihn fragend an. Der Verwaltungsdirektor sucht mich doch nicht in meinem Zimmer auf, um mir eine derartige Nebensächlichkeit mitzuteilen.

»Sie werden diesmal mit nur einem anderen Gast an Ihrem Tisch sitzen«, fuhr Ernst Weber fort. »Nicht zu viert, wie sonst. Mit einem Gast, der für unsere Kurklinik sehr wichtig ist. Ein Amerikaner übrigens, Jim Baker. Vierzig Jahre alt. Er spricht sehr gut Deutsch. Hat Vorfahren hier aus der Gegend. Sie haben vermutlich schon vor einem Jahr gehört, dass wir in Verkaufsverhandlungen stehen.«

Ich hatte tatsächlich von Verkaufsabsichten gehört, und zwar von ihm selbst. Nun erfuhr ich Näheres. Die Kurklinik stand kurz vor der Übernahme durch ein amerikanisches Unternehmen, das schon mehrere Kliniken in Europa betrieb. Diese Firma befand sich im Besitz eines Ehepaares. Und Jim Baker war deren einziger Sohn. Er war seit gestern in Bad Freienwalde, um letzte Details des Verkaufs zu verhandeln.

»Die Vorfahren der Bakers stammen hier aus Bad Freienwalde«, erklärte mir der Direktor. »Ihre Familie lässt sich bis ins siebzehnte Jahrhundert zurückverfolgen. Das Ehepaar würde nicht nur einen sehr guten Preis bezahlen, sondern vertraglich auch verschiedene Zusagen geben, die mir sehr wichtig sind. Dazu gehören die Übernahme des Personals mit einer mehrjährigen Beschäftigungsgarantie, notwendige Investitionen und anderes mehr. Einen besseren Käufer werden wir nicht finden.«

Jetzt ahnte ich, was Ernst Weber von mir wollte.

»Sie haben Mr. Baker bestimmt erzählt, dass ich Schriftsteller bin und relativ erfolgreich. Dass Romane von mir verfilmt worden sind, ich meine Bücher seit Jahren hier vollende und mich immer sehr wohl fühle?«

Der Verwaltungsdirektor lächelte mich an.

»Na ja, das stimmt doch alles, oder?«

»Sie erwarten also am Abendbrottisch einen Werbespot von mir.«

»Nein, so nicht«, wehrte Ernst Weber ab. »Ich würde mich nur sehr freuen, wenn Sie erzählen, wie zufrieden Sie hier immer sind, dass Sie die Muße zum Schreiben finden, die Landschaft genießen, das Personal als kompetent und freundlich empfinden. Alles, was Sie mir schon mehrfach gesagt haben.«

Ich nickte langsam mit dem Kopf.

»O.K. I do my very best.«

Auf seinem Heimweg verharrt der Kater in einem Gebüsch hinter der Kaiserquelle und stellt die Ohren auf. Seltsame, nie gehörte Töne unterbrechen seinen Lauf. Er kennt die Gesänge der Sommervögel und derjenigen, die im Winter bleiben. Der Ruf des Uhus ist ihm vertraut, und der Schrei der Reiher und das Kra Kra der Krähen. Er ist an die Stimmen der Waschbären und der Wildschweine, der Ratten und Mäuse, der Marder und Füchse gewöhnt, selbst an die der Menschen. Aber diese melodiösen, ja betörend schönen Töne hat er noch nie vernommen. Ludwig schleicht langsam durch das Gebüsch und sieht auf der Bank einen Menschen. Aus dessen Mund dringen durch gespitzte Lippen diese klaren und reinen, nicht zitternden Töne, ein Pfeifen, das den Kater in Bann schlägt. Der Mensch hat die Augen geschlossen und wiegt seinen Oberkörper im Takt der Melodie hin und her. Er hebt dabei abwechselnd die rechte und linke Schulter; jetzt lösen sich seine Hände von den Oberschenkeln und fallen in die langsame Bewegung seines ganzen Oberkörpers ein. Ludwig hat diesen Menschen noch nie gesehen. Er beobachtet ihn mit zitternden Schnurrhaaren, hebt den Kopf und schnüffelt. Sein Geruch ist angenehm. Der Kater schaut sich nach allen Richtungen um, dann eilt er vorsichtig über den Sandweg und nähert sich ihm unhörbar in dessen Rücken. Schließlich wagt Ludwig den Sprung und landet einen halben

Meter neben ihm auf der Lehne der Parkbank. Der Mann erschrickt nicht. Ja, er bemerkt Ludwig nicht einmal, ist ganz in die Melodie versunken. Der Kater stößt erst ein leises Maunzen aus, wird dann etwas lauter. Endlich öffnet der Mensch seine Augen. Er unterbricht seine Bewegungen und entfernt mit der rechten Hand etwas aus seinem Ohr – ohne sein Pfeifen zu unterbrechen. Der Fremde streckt dem Kater langsam seinen Arm entgegen, ohne das Tier zu berühren.

Ludwig bleibt an seinem Platz, reckt aber den Kopf in Richtung des Arms und reibt seine Wange mit ruckartigen Bewegungen an der Hand des Mannes. Der Kater schnurrt immer lauter, schließlich springt er auf die Sitzfläche und legt seine Vorderpfoten auf die Oberschenkel des Sängers der schönsten Melodie, die Ludwig je gehört hat. Er senkt seinen Kopf, damit der Fremde ihn kräftig zwischen Ohren und Rücken kraulen kann. Als der Fremde seinen Mund schließt, bleibt Ludwig schnurrend liegen. Nach ein paar Minuten springt er unvermittelt mit einem Satz von der Bank, stößt einen kehligen Gruß aus und verschwindet in seiner Hütte. Dort rollt er sich zusammen – ein zufriedener Kater, der einen neuen Freund gefunden hat und sich erst wieder in der Abenddämmerung zu einem neuerlichen Streifzug aufmachen wird.

Ich zog mir Turnschuhe an, schlüpfte in einen dünnen Kapuzenpulli und ging zur Kurklinik, die nur fünfhundert Meter von der Villa Regina entfernt liegt. Ludwig war nirgendwo zu entdecken. Also machte ich mich allein auf meinen Lieblingsweg, der an der Brandfichte vorbei zum Großen Stein und schließlich über die Steinwaldhütte zurück zum Klinikgelände führt. Ludwig hatte mich im letzten Jahr zweimal auf diesem Weg begleitet. Diesmal blieb ich unterwegs ganz allein. Nur vor dem Gedenkstein an der Brandfichte stand eine schlanke Frau mit langen, grauen Haaren, die, als sie mich bemerkte, eilig in Richtung Bundesstraße entschwand. Der mächtige Granitstein trug in schwarzen Lettern die Inschrift:

BRANDFICHTE
LEGENDÄRER ORT
DER LETZTEN
FREIENWALDER
HEXENVERBRENNUNG

Wie immer lagen frische Blumen vor dem Gedenkstein. Nach einem knapp zweistündigen Spaziergang traf ich wieder auf dem weitläufigen Gelände der Kurklinik ein. Jim Baker saß schon an unserem Tisch. Er trug eine dunkelgrüne Cordhose mit einem breiten, braunen Gürtel, der farblich mit seinen Lederschuhen und einem Baumwollsakko abgestimmt war. Der Amerikaner war hochgewachsen und von athletischer Statur. Als ich mich vorstellte, zeigte Jim grinsend auf die Bücher, die er neben sich auf einem Stuhl deponiert hatte. Alle bisher erschienenen Bände mit Ernst Ziegler, meinem Wohnwagendetektiv. Er bat mich, die Bücher für ihn zu signieren.

Jim hatte hellblaue Augen, die einen unentwegt lustig anzuzwinkern schienen. Er plauderte charmant und hatte eine offene gewinnende Art. Er entsprach meinem Klischee des smarten Amerikaners, der reich genug ist, um alltägliche Sorgen nicht zu kennen und überdies vom Leben noch nicht wirklich geprüft wurde. Mir fiel noch seine Armbanduhr auf. Die runde Tourbillon von Breguet sah man nicht alle Tage. Kein Wunder. Sie kostet über hunderttausend Euro. Ich kenne mich mit Luxusuhren kaum aus, aber in meinem neuen Roman spielt eine sündhaft teure Uhr eine entscheidende Rolle, und nach einigen Recherchen hatte ich mich für die Tourbillon entschieden.

»Hast du schon den schwarzen Kater gesehen?«, fragte er mich plötzlich, nachdem ich mein Loblied auf die Klinik gesungen hatte. »Was für ein liebes Tier, so zutraulich.«

Er erzählte mir von seiner Begegnung mit einem Kater und zu meiner Verblüffung fanden wir heraus, dass er tatsächlich von Ludwig sprach. Der Kater hatte also einen dritten menschlichen Freund gefunden. Irgendwie konnte ich mich darüber nicht richtig freuen. Ich war wohl ein wenig eifersüchtig.

Zum Abschied bedankte sich Jim bei mir. Meine lobenden Worte hätten seinen Wunsch, die Fachklinik zu übernehmen, bestärkt.

»Es ist nämlich so«, sagte er, »dass wir hier ein altes Unrecht gutzumachen haben. Aber das ist eine lange Geschichte, die ich dir vielleicht später einmal erzähle.«

Mit diesen Worten verabschiedete er sich.

Montag

Als Ludwig von seinem nächtlichen Streifzug durch den Freienwalder Forst zur Kurklinik heimkehrt, geht die Sonne auf. Es weht ein lauer Wind, der dünne Nebelschwaden vor sich hertreibt. Noch ist der Waldboden feucht, und Tautropfen glitzern im Licht des anbrechenden Tages. Ludwig bewegt sich langsam, fast schleichend auf sein Ziel zu. Als er menschliche Stimmen vernimmt, verharrt er einen Moment und richtet seine Ohren auf. Die Stimmen kommen von der Kaiserquelle. Der Kater pirscht sich vorsichtig an. Er kann zwei Stimmen unterscheiden und erkennt sie beide. Eine ist schrill, unfreundlich und böse. Die andere ist dunkel und angenehm.

Die Menschen sprechen leise miteinander, aber ihre Stimmen klingen nicht sehr freundlich. Als Ludwig die beiden endlich schemenhaft durch das Blattwerk der Farne sehen kann, ertönt ein Geräusch, das er noch nie gehört hat. Ein kurzer, dumpfer Knall, fast wie das einzelne Klopfen eines Spechtes. Ludwig liegt flach auf dem Boden und erkennt die menschliche Gestalt, die jetzt davoneilt. Er bewegt sich leise durch das Gebüsch auf den Gehweg. Der andere Mensch sitzt auf der Bank und bewegt sich nicht. Ludwig kennt den Tod. Er ist ein Jäger, und der Tod ist sein täglicher Begleiter. Als Ludwig begreift, dass dieser Mensch, der mit anmutigen Bewegungen so wunderbare Töne erklingen lassen kann, sich nie mehr rühren wird, stößt er einen langen Klagelaut aus.

Ich erwachte zur Morgendämmerung und entschied mich spontan für einen Spaziergang in aller Herrgottsfrühe. Weil der Himmel sich hinter dicken Regenwolken versteckte, zog ich meinen Anorak an. Sicherheitshalber nahm ich einen Regenschirm mit. Auf der Straße begegnete ich keinem Menschen. Auch auf dem Gelände der Klinik ließ sich niemand blicken. Plötzlich hörte ich einen lauten, durchdringenden Schrei, den Schrei einer Katze. *Ludwig*, fuhr es mir durch den Kopf. *Das kann nur Ludwig sein.*

Ich habe schon über viele Verbrechen geschrieben,

war aber in meinem Leben noch nie an einem Tatort gewesen. Jim saß bewegungslos auf der Parkbank gegenüber der Kaiserquelle. Ich erschrak, als Ludwig unter der Parkbank hervor auf mich zu kam. Ich bin sicher, dass er mich erkannt hatte, denn er strich mir maunzend um die Beine. Während ich seinen Kopf streichelte, fiel mir das Pentagramm direkt neben Jim an der Lehne der Bank auf. Es war unbeholfen gezeichnet und nur schwach zu sehen. Es schien mit Blut gemalt. Vielleicht sogar von Jim selbst? Jedenfalls war seine linke Hand blutverschmiert. Ich tastete mit dem Finger meiner rechten Hand an Jims Hals, konnte aber keinen Pulsschlag fühlen. Ich spürte eine laue Wärme, er konnte also noch nicht lange tot sein.

Die ersten Tropfen fielen, dann begann es stärker zu regnen. Ich holte mein Handy aus der Tasche, machte ein Foto von dem Pentagramm und wählte dann 110.

In der Villa Regina wartete ich auf Kriminalhauptkommissar Schröder. Nach dem Eintreffen der örtlichen Polizei hatte ich darum gebeten, den Tatort verlassen zu dürfen. Ich gab an, mich umziehen und etwas ausruhen zu wollen. In Wirklichkeit recherchierte ich ein wenig im Netz. Ich fand heraus, dass Pentagramme vom Mittelalter bis in die Neuzeit als Bannzeichen gegen das Böse verwendet worden waren. Erst in der Mitte des neunzehnten Jahrhunderts wurde das Fünfeck mit durchgezeichneten Diagonalen zu einem okkulten Symbol. Heute ist es ein Symbol der modernen Hexenbewegung.

Es klopfte zweimal kurz.

Vor der Tür stand ein kleiner rundlicher Mann in Jeans und Lederjacke mit einem dunklen Schnauzbart.

»Herr Berger, Carl Berger?«

Ich bejahte und ließ den Kommissar ein.

»Der Carl Berger?«, fragte er nach. »Sind Sie der Schriftsteller Carl Berger?«

Ich nickte kurz und bot ihm einen Stuhl an.

»Nein, danke, wollen Sie mich bitte noch einmal zum Tatort begleiten? Ich möchte Sie lieber dort befragen. Wissen Sie, dass ich alle Krimis von Ihnen gelesen habe? Ich bin ein großer Fan von Ihnen.«

Ich bedankte mich artig und warf einen Blick aus dem Fenster. Die Regenwolken hatten sich verzogen.

»Also gut«, sagte ich. »Gehen wir.«

Jims Leiche war bereits weggeschafft worden. Schröder zeigte mir ein paar Fotos.

»So haben Sie ihn vorgefunden?«

Ich bejahte seine Frage und berichtete, was ich gesehen und gehört hatte. Viel hatte ich ja nicht zu erzählen. Aber Schröder fragte immer wieder nach. Jede Einzelheit sei wichtig.

»Aber wem sage ich das?« lachte er.

Ich betrachtete unauffällig die Parkbank, konnte aber keine Spur mehr von dem Pentagramm entdecken. Der Regen musste es abgewaschen haben. Ich weiß bis heute nicht warum, aber ich verschwieg dem Kommissar das okkulte Zeichen.

»Und der Kater kam unter der Bank hervor?«

Ich erzählte dem Kommissar, dass Jim mir gestern noch von Ludwig erzählt hatte und dass ich den Kater hatte schreien hören.

»Es kommt Ihnen vielleicht albern vor«, sagte ich, »aber als ich den Schrei hörte, hatte ich schon so ein Gefühl, dass etwas Schreckliches geschehen ist. Ludwigs Schrei klang so ... traurig oder verzweifelt. Vielleicht hat der Kater den Mörder noch gesehen oder sogar den Mord selbst.«

Schröder lachte.

»Wäre gut möglich, aber der Kater wird mir dazu leider nichts sagen können.«

Zur Mittagszeit waren alle Wolken verschwunden, und der Himmel erstrahlte in einem herrlichen Blau. Kommissar Schröder hatte seine Befragung beendet und verabschiedete sich. Auf dem Weg zum Speisesaal traf ich den Verwaltungsdirektor.

»Ist das nicht schrecklich? Und dass Sie ihn finden mussten! Wie geht es Ihnen denn?«

Ehrlich gesagt wusste ich nicht genau, wie es mir

ging. Ich stand ein wenig neben mir und zuckte nur mit den Schultern.

»Es hat sich schon in der Klinik rumgesprochen, dass Sie den Toten entdeckt haben. Wollen Sie vielleicht lieber mit mir draußen essen?«

Die Angestellten der Klinik nehmen ihre Mittagsmahlzeit bei gutem Wetter immer auf der langgestreckten Terrasse ein, von der man einen schönen Blick auf den Kurgarten hat. Ich nahm das Angebot dankbar an, denn die Vorstellung, jetzt von völlig Fremden befragt zu werden, behagte mir überhaupt nicht. Wir gingen zu einem Tisch am Rand der Terrasse, von dem gerade drei Therapeutinnen aufstanden, und setzten uns zu der Oberärztin Dr. Gerda Höck. Sie war um die fünfzig. In ihrer dunklen Pagenfrisur blitzten zahlreiche graue Haare auf.

»Keine Sorge«, Gerda Höck lächelte mir aufmunternd zu. »Ich werde überhaupt keine Fragen stellen.«

Ich nickte dankbar und stocherte lustlos und versunken in meinem Gulasch herum.

»Wie geht es denn Ihrer Schwester?«

Das Klirren eines Messers auf dem Steinboden riss mich aus meinen Gedanken. Gerda Höck hob ihr Messer auf und war rot angelaufen.

»Wieso fragen Sie das?«

Ernst Weber schaute sie erstaunt an.

»Ich habe sie halt lange nicht gesehen.«

»Natürlich. Danke, es geht ihr gut, sie hat ja ihre Vögel.«

Ich erfuhr noch, dass ihre Schwester im Vogelschutz engagiert war und seit dem Tod ihres Mannes allein lebte. Dann verabschiedete ich mich, ohne aufgegessen zu haben. Ich hatte beschlossen, das Kirchenarchiv in Bad Freienwalde aufzusuchen. Nach Jims Tod und seinen geheimnisvollen Worten über eine alte Schuld interessierte mich die Geschichte seiner Vorfahren.

Am südlichen Stadtrand von Bad Freienwalde erhebt sich der Galgenberg bis zu einer Höhe von einhundertzehn Metern. Er gehört zwar schon zum Freienwalder Forst, aber nicht zu Ludwigs eigentlichem Streifgebiet. Er schaut hier immer nur kurz nach dem Rechten, prüft, welche anderen Kater oder Katzen am Rand seines Reiches aufgetaucht sind. Ansonsten meidet er die Villen und ihre Gärten, die an den Forst grenzen. Vor allem den einen Garten, der an seinen Rändern mit Bäumen und Büschen so dicht und üppig bewachsen ist, dass im Sommer niemand von außen Einblick hat. Mit viel Mühe hat die Bewohnerin der kleinen Villa ihr Grundstück nach und nach in einen Mondgarten verwandelt, mit einem kleinen Teich, hellen Steinen und Blumen mit weißen Blüten. In Vollmondnächten erstrahlen die Blüten und Steine im Schein des Mondes.

Ludwig schleicht leise durch das dichte Gebüsch. Immer wieder hält er kurz inne, horcht, schnüffelt prüfend. Zwischen den Büschen und dem Teich bieten ihm die ausladenden Blätter der Farne Schutz. Unter ihnen kann er sich unbemerkt fast bis an den Teich nähern.

Die verhasste Frau, die ihn schon oft mit Steinwürfen aus ihrem Garten vertrieben hat, sitzt auf einer hölzernen Bank neben dem Wintergarten und beobachtet versonnen die Blaupfeile, die sich nach der Anlage des Gartens bei ihr angesiedelt haben. Die blauweißen Libellen jagen sogar in warmen Vollmondnächten. Im hellen Mondschein sehen ihre Beuteflüge wie harmlose, absichtslose Tänze aus.

Ludwig liegt mit dem Bauch fest auf den Sandboden gepresst unter den Farnblättern und verfolgt ebenfalls die Libellen mit ihrem unberechenbaren Flug. Doch er lässt sich nicht ablenken. Mit weit geöffneten Pupillen fixiert er die Frau. Seine Muskeln sind angespannt. Plötzlich erklingen menschliche Stimmen, die lauter werden. Die Frau steht auf und verschwindet im Haus. Ludwig wartet ab. Als sie zusammen mit anderen Menschen in den Garten zurückkehrt, macht er sich leise knurrend auf den Weg.

Ich hatte zu lange im Archiv der Stadtpfarrkirche St. Nikolai über Gerichtsakten, alten Büchern und kirchlichen Geburts- und Sterberegistern gehockt, um die

Klinik noch pünktlich zur Abendmahlzeit erreichen zu können. Stattdessen gönnte ich mir im *La Fontana* ein Bistecca alla Zingara und dazu einen kräftigen Barolo aus dem Südpiemont. Das war schon etwas anderes als Käsebrot und Früchtetee! Zurück in der Villa Regina, notierte ich, was ich herausgefunden hatte.

In den letzten Wirren des Dreißigjährigen Krieges heiratete der Krämer Hans Höck eine Frau aus Oderberg, die anschließend in Freienwalde von allen die Kramerin genannt wurde. Mehrere Quellen beschreiben sie als grob zanksüchtiges Weib. Sie hat manchen Freienwaldern in die Fußstapfen gespuckt, was als schlimmer Schadenszauber galt, stritt ständig mit ihren Nachbarn und legte sich sogar mit der Pfarrersfrau an. Schnell war die Kramerin in der ganzen Stadt verhasst und gemieden.

Während des Gottesdienstes am Ostermontag 1644 ereignete sich ein Vorfall, der großes Aufsehen erregte. Bei der Einnahme des geweihten Brotes biss die Kramerin wohl auf einen kranken Zahn, sprang vor Schmerz auf, wollte hinauslaufen, spuckte dann aber kräftig auf den Boden. Zwei Zeuginnen, die dies in unmittelbarer Nähe genau beobachtet haben wollen, sagten später aus, dass die Kramerin die Hostie nicht nur ausgespien, sondern auch darauf getreten habe. Das war die schlimmstmögliche Gotteslästerung, die

Schändung des Leibes Christi. Die Kunde von dieser Ungeheuerlichkeit verbreitete sich in der Stadt wie eine Feuerbrunst.

Es kam zu einer gerichtlichen Untersuchung. Dabei erklärte die Kramerin: »Ich habe böse Zähne und habe mit der Zunge daran gestoßen, indem ich den Oblat heruntergeschlucket, darüber ich so viel Wasser in den Mund bekommen; und ist mir so eklig worden, dass, wenn ich es nicht ausgespien, ich hätte brechen müssen. Ich habe den Oblat nicht ausgespien! Ich habe nicht danach getreten! Ich wollt nur meine Spucke mit dem Fuß fortwischen.« Im weiteren Verlauf des Prozesses verstieg sich die Kramerin wohl aus Angst vor dem drohenden Urteil auf einen Vergleich mit Jesus, der auch als Unschuldiger hätte leiden müssen.

Der Richter Andreas Bäcker ließ über dreißig Zeugen auftreten, die der Kramerin Buhlschaft mit dem Teufel vorwarfen, auch dass sie »etliche Male den Drachen hinten in ihr Haus haben einfliegen sehen« und überdies beobachtet haben wollen, wie sie »einen schwarzen Bock speiste«. Und Richter Bäcker sorgte dafür, dass die Verteidigung nicht einen einzigen Zeugen fand, der zugunsten der Kramerin aussagte. Nicht einmal ihr eigener Mann war dazu bereit. Er wollte vermutlich sein Geschäft, sich selbst und seinen kleinen Sohn nicht in Gefahr bringen, denn die

Verurteilung seiner Frau als Hexe war bereits abzusehen.

Der Urteilsspruch ist nicht überliefert, doch indirekte Quellen geben darüber zuverlässig Auskunft. Eine Stadtrechnung dieser Tage weist eine Summe von achtzehn Talern für den Henker aus. Diesen Betrag kassierten Scharfrichter damals für eine Verbrennung auf dem Scheiterhaufen.

Die Nachfahren von Andreas Bäcker sind in den kirchlichen Geburtsregistern bis 1847 verzeichnet. In diesem Jahr wanderten Franz Bäcker und seine Ehefrau Luise nach Amerika aus. Es besteht wohl kein Zweifel, dass es sich bei den beiden um die Vorfahren von Jim Baker handelt.

Die Geschichte der Familie des Krämers Hans Höck und aller anderen Bewohner des Städtchens lässt sich lückenlos leider nur bis 1849 verfolgen. Die entsprechenden Unterlagen aus den Jahren 1849 bis 1899 gelten nach einem Brand des Kirchenarchivs im Sommer 1899 als verschollen. 1814 taucht in den Kirchenbüchern als Zuzug überdies eine Familie Höck aus Angermünde auf, die mit der des Krämers nicht verwandt war. Deshalb ist allein aufgrund der Kirchenregister nicht mehr auszumachen, zu welchem Familienstamm die heute in Bad Freienwalde lebenden Höcks gehören.

In einem digitalen Telefonbuch fand ich vierzehn Einträge mit dem Nachnamen Höck in Bad Freienwalde verzeichnet. Eine davon war Gerda Höck. Zählte sie mit ihrer Schwester zu den Nachfahren des Krämers Hans Höck?

Dienstag

Ludwig sitzt unter der Bank, auf der Jim Baker zu Tode gekommen ist. Er frisst eine Maus. Plötzlich richten sich seine Ohrmuscheln auf. Ein Rascheln im Unterholz alarmiert ihn. Aber er hört lediglich das Geräusch einer tapsigen, arglosen Annäherung. Jetzt kann Ludwig den Waschbären sehen, der nur einen Sprung entfernt unter den Farnen auftaucht und den regungslosen Kater noch nicht bemerkt hat. Ludwig stößt einen kurzen Schrei aus, der den Waschbären abrupt zum Stehen bringt. Er schaut Ludwig aus seiner schwarz gefärbten Gesichtsmaske neugierig und ein wenig keck an. Der Bär ist größer und kräftiger als Ludwig. Doch er stellt für den Kater keine Gefahr dar. Die beiden kennen sich. Der Waschbär wohnt in der Höhle einer alten Eiche am Baasee und kommt nur selten bis zur Kurklinik. Ludwig dagegen taucht oft an diesem alten Gewässer auf. Der Waschbär stellt sich wie zum Gruß auf die Hinterpfoten und richtet sich auf. Ludwig bleibt sitzen und beginnt zu schnurren. Der Waschbär antwortet mit seinem hohen fiependen Gurren.

Die beiden treffen in unregelmäßigen Abständen aufeinander und teilen sich ihr Streifgebiet, doch ihre Begegnungen dauern immer nur ein paar Minuten. Dann gehen sie wieder ihrer Wege.

Ich saß im Garten der Klinik und beobachtete die Terrasse. Kurz nach eins war Gerda Höck immer noch nicht zum Essen erschienen. Ob sie frei hatte? Während ich in der Mittagssonne mehr döste als wartete, tauchten erneut die Bilder vom Jims Leiche in meinem Kopf auf. Die grässliche Einschusswunde. Der starre Blick seiner Augen. Die Endgültigkeit des Todes. Als ich darüber nachdachte, überfiel mich ein tiefes Angstgefühl.

In diesem Moment tauchte die Oberärztin auf. Sie kam vom Neubau und setzte sich an einen der leeren Tische. Ich folgte ihr auf die Terrasse, als hätte ich inzwischen das Recht erworben, mein Mittagessen immer dort einzunehmen. Nachdem wir ein wenig über belanglose Dinge geplaudert hatten, fragte ich, ob sie von der alten Freienwalder Familie Höck aus dem siebzehnten Jahrhundert abstamme.

»Ach, Sie meinen diese alte Hexengeschichte?« Sie schaute mich prüfend an. »Wie sind Sie denn darauf gestoßen?«

Ich erklärte ihr, dass ich aus beruflichen Gründen

unentwegt nach ungewöhnlichen Geschichten Ausschau hielte, nach Stoffen für neue Bücher. Das stimmte sogar. Sie sagte, dass sie nicht aus dieser Familie käme. Ich hakte nach, ob sie das mit Sicherheit wisse?

»Ich sagte es doch!«

Gerda Höck beendete ihre Mahlzeit und verabschiedete sich mit einem freundlichen Gruß. Irgendwie glaubte ich ihr nicht.

Zum Nachtisch gab es Götterspeise. Als ich den roten Glibberberg mit meinem Löffel in Bewegung versetzte, dachte ich daran, dass die Oberärztin ja noch eine Schwester hatte.

An diesem Tag stand als letzte Anwendung ein Moorbad auf dem Programm. Die Bademeisterin verriet mir den Namen von Gerda Höcks Schwester und deren Adresse. Noch am späten Nachmittag machte ich mich auf den Weg. Sabine Heinrich lebte in einer zweistöckigen Villa mit quadratischem Turmanbau am südlichen Stadtrand von Bad Freienwalde. Die Fenster im ersten und zweiten Stock waren beim Frühjahrsputz offenbar übersehen worden. Das gesamte Grundstück machte einen eher ungepflegten Eindruck. Die kleine Rasenfläche vor dem Haus hatte im Kampf gegen den Löwenzahn längst kapituliert. Braune Lackfarbe blätterte von der Eingangstür ab, zu der man eine steile Treppe erklimmen musste.

Auf mein Klingeln öffnete eine hagere Frau mit grauen, sorgfältig hochgesteckten Haaren. Sie trug ein geblümtes Sommerkleid, begrüßte mich freundlich und schaute mich fragend an. Ich stellte mich als Romanautor vor, der zu einer Recherche einige Fragen an sie habe. Sie bat mich hinein, und mir fiel ihr erstaunlich kräftiger Händedruck auf. Im Wohnzimmer standen Sitzmöbel für fast fünfzehn Personen. Zwei Sofas, einige bequeme Sessel und eine Reihe unterschiedlicher Stühle. Es roch nach Räucherkerzen. Auf den Fensterbrettern lagen allerhand Steine.

»Ich koche uns schnell einen Tee. Sie können derweil schon im Garten Platz nehmen.«

Sabine Heinrich zeigte auf die unlackierte Holztür, die nach draußen führte. Im Garten war ein kleiner Teich angelegt. Überall lagen helle Steine in verschiedenen Formen und Größen. Ich setzte mich an einen Holztisch und sah mich um. Die den Garten begrenzenden Hecken und Büsche waren so dicht, dass man nicht hindurchschauen konnte. Plötzlich fiel mir ein, weshalb mir Sabine Heinrich gleich bekannt vorgekommen war. Ich hatte sie vorgestern beim Gedenkstein an der Brandfichte gesehen.

Der Kater liegt unter dem Blattdickicht der hochgewachsenen Lupinen an der Hauswand auf der Lauer. Seine Ohren lauschen nur in eine Richtung. Er achtet nicht einmal auf die Maus, die hinter ihm durch das Gras flitzt. Er konzentriert sich ganz und gar auf ein einziges Ziel. Als sich die Tür öffnet, zuckt sein Becken hin und her. Dabei berechnet er blitzschnell die Distanz zu seinem Angriffsziel. Dann setzt er zum Sprung an.

Ich hörte die Gartentür leise knarren. Sabine Heinrich kam lächelnd auf mich zu. Sie trug ein Tablett mit Kanne, Teegeschirr und einer Schale voller Kekse. Dann ging alles sehr schnell.

Aus dem Lupinenfeld schoss ein schwarzer Kater hervor und biss Sabine Heinrich laut knurrend in die rechte Wade. Sie schrie vor Schreck und Schmerz auf. Das Geschirr zerbrach klirrend auf den Natursteinfliesen, der frisch aufgebrühte Tee spritze an ihre Beine. Kaum war der Angriff erfolgt, ließ der Kater von ihr ab und flüchtete durch den Garten in Richtung Galgenberg. Er würdigte mich keines Blickes. Ich hatte den schwarzen Kater mit dem kleinen weißen Fleck auf der Stirn sofort erkannt. Es war Ludwig.

Sabine Heinrich stand zitternd vor mir. Ich sprang auf und führte sie zu einem Stuhl. Dann eilte ich in die Küche. Ich ließ Wasser ins Waschbecken und kehrte mit mehreren kühlen Tüchern in den Garten zurück. Während ich ihre Beine umwickelte, bemerkte ich, dass sich an einigen wenigen Stellen bereits kleine Brandblasen gebildet hatten. Die zwei oder drei Bisswunden an der rechten Wade schienen ziemlich tief zu sein und mussten höllisch wehtun. Auch die langen tiefen Kratzspuren sahen sehr schmerzhaft aus. Das aufgelegte Handtuch färbte sich rot. Als ich Sabine Heinrich notdürftig versorgt hatte, rief ich ihre Schwester in der Kurklinik an.

»Sie müssen sofort herkommen, zu Ihrer Schwester, sie ist von einer Katze verletzt worden ... ja, von einer Katze. Oder nein, schicken Sie lieber einen Wagen. Es ist wohl besser, sie in der Klinik zu behandeln.«

Ich ging ins Haus, um weitere Handtücher zu holen. Plötzlich hörte ich Sabine Heinrich schreien. Ich rannte in den Garten und sah Ludwig etwa zehn Meter vor ihr. Ich redete beruhigend auf den Kater ein und stellte mich zwischen ihn und Sabine Heinrich. Ludwig sah mich mit funkelnden Augen an, fauchte und verschwand im Wald.

Am späten Abend hatte ich das türkisblaue Schwimmbad der Klinik ganz für mich allein. Die verglasten Wände gaben den Blick auf einen Teil des Kurparks frei, der in barocker Manier angelegt war. Während ich Bahn für Bahn auf dem Rücken schwimmend zurücklegte, versuchte ich, mir ein schlüssiges Bild von den Ereignissen der letzten Tage zu machen. Das Pentagramm auf der Parkbank, Sabine Heinrich vor dem Gedenkstein an der Brandfichte, ein Vorfahr von Jim Baker als Richter des letzten Hexenprozesses in Freienwalde und Gerda und Sabine Höck als mögliche Nachkommen der Kramerin – das alles konnte doch kaum Zufall sein. Und Ludwig? Dass eine Katze derart aggressiv einen Menschen angreift, ist doch höchst ungewöhnlich. Beim Abduschen kam mir die Bad Freienwalder Buchhandlung in den Sinn, die einem Alfred Höck gehörte. Ich nahm mir vor, dem Buchhändler morgen einen Besuch abzustatten.

Mittwoch

Ludwig ist fast am südlichen Rand seines Streifgebietes angelangt. Langsam nähert er sich dem Baasee. Ein strenger Geruch beendet abrupt seinen Lauf. Er kennt diese Duftmarkierung von der anderen Seite des Sees. Ein fremder Kater streunt dort schon seit einiger Zeit umher. Doch bisher ist er noch nie so weit in Ludwigs Gebiet eingedrungen. Sein Geruch ist ganz frisch, der Eindringling hält sich also noch in unmittelbarer Nähe auf. Ludwig steht still. Erst hört er den Kater, dann tritt der Kontrahent in sein Blickfeld. Ein graugestreifter Tigerkater kommt drohend auf ihn zu. Der Kater hat mit seiner Markierung einen Krieg um das Revier eröffnet. Beide wissen nun, dass ein Kampf unvermeidlich ist. Ein Kampf, in dem es einen Sieger und einen Verlierer geben wird. Die Kater stehen sich direkt gegenüber. Sie stellen ihr Fell auf, fixieren einander und fauchen sich an. Der fremde Kater ist größer und schwerer als Ludwig. Er hat schon manchen Kampf für sich entschieden. Noch könnte sich einer der beiden zurückziehen und dem anderen das Feld kampflos überlassen. Doch dazu ist keiner bereit. Die Kater gehen vom Fauchen zum Spucken über. Wer wird zuerst angreifen? Ludwig, der Revierverteidiger, springt auf. Die Kater verbeißen sich ineinander und schlagen zu. Kein menschliches Auge könnte den Kampfhandlungen folgen, so schnell werden Hiebe ausgeteilt, Bisswunden zugefügt. Immer wieder ziehen sich die Kämpfer kurz zurück, um gleich darauf erneut anzugreifen. In einer dieser Kampfpausen zögert Ludwig kurz. Er blutet aus der Schnauze, ein Stück Fell ist ihm aus der linken Flanke gerissen, bis auf den Knochen reicht eine Wunde am rechten Hinterlauf.

Ich stand erstaunt vor der Buchhandlung. Vorgestern hatten meine Bücher noch nicht im Schaufenster gelegen. Jetzt waren alle vier Titel gut sichtbar um das Streifenplakat für meinen jüngsten Roman *Spreegold* gruppiert. Daneben lag die Titelseite der gestrigen *Märkischen Oderzeitung* mit dem Aufmacher *Krimi-Autor entdeckt Leiche in der Kurklinik*. Jedenfalls in Bad Freienwalde schien sich mein Marktwert in den letzten vierundzwanzig Stunden deutlich gesteigert zu haben. Als ich den Laden betrat, bediente Alfred Höck eine Kundin. Der Buchhändler trug Bluejeans und ein weißes Hemd. Er war etwas größer als ich und fuhr sich mit der linken Hand durch das blonde, halblang geschnittene Haar. Ich schätzte ihn auf Mitte vierzig.

»Du beginnst am besten mit *Wannseefieber*«, riet er der Kundin. »Das ist der erste Krimi der Reihe.«

Alfred Höck nickte mir freundlich zu.

»Und wenn du die Gunst der Stunde nutzen willst, nimmst du gleich alle vier Bücher. Der Autor ist nämlich gerade hereingekommen und signiert dir die Bücher bestimmt gern.«

Die Kundin drehte sich zu mir um und lächelte mich schüchtern an.

»Was kostet denn ein Buch?«, fragte sie Alfred Höck flüsternd.

Der Buchhändler zeigte dezent auf den eingedruckten Preis. Sie kaufte *Wannseefieber* und *Havelmord*, den zweiten Band meiner Serie, und ich signierte ihr die beiden Bücher.

»Schön, dass Sie vorbeischauen«, sagte Alfred Höck, nachdem die Kundin den Laden verlassen hatte. »Würden Sie mir auch ein paar Bücher signieren?« Er zeigte auf die vier kleinen Stapel neben der Kasse. »Einige Kunden haben schon danach gefragt.«

Nachdem ich jeweils einen Band für Alfred Höck

persönlich signiert hatte, sprach ich ihn auf die zwei Familienzweige der Höcks an.

»Ich habe schon gehört«, sagte er, »dass Sie im Archiv unserer Gemeinde recherchiert haben. Und dass Sie bei Sabine Heinrich waren. Was interessiert Sie an den alten Geschichten? Sie sind doch nicht auf der Suche nach einem neuen Stoff, schließlich spielen Ihre bisherigen Romane alle in Berlin.«

Ich ging nicht näher darauf ein. Stattdessen fragte ich, ob er wisse, welcher heutige Bewohner Bad Freienwaldes mit Namen Höck zu welchem Familienstamm gehöre.

»Sie haben doch im Kirchenarchiv bestimmt herausgefunden, dass niemand das mit Bestimmtheit sagen kann«, antwortete er. »Dazu fehlen die Unterlagen zwischen 1849 und 1899.«

Ich wunderte mich, dass er die Jahreszahlen so genau parat hatte.

»Da ist ein Loch von genau fünfzig Jahren. Niemand weiß heute noch, wer in dieser Zeit wen geheiratet hat, wer in welche Familie geboren wurde. Und das betrifft nicht nur uns Höcks. In dieser langen Zeitspanne und durch die beiden Weltkriege sind ja auch viele private Unterlagen verloren gegangen oder vernichtet worden. Stammbücher, Fotoalben, Tagebücher. Und heute kümmert sich kaum jemand mehr um die Geschichte seiner Familie.«

»Sehr schade«, sagte ich. »Dieses Wissen könnte nämlich vielleicht helfen, den Mord an Jim Baker aufzuklären.«

Alfred Höck schaute mich prüfend an und fuhr sich wieder mit der Hand durch seinen blonden Haarschopf. Als ein neuer Kunde den Laden betrat, nahm er mich kurz beiseite und fragte, ob ich am Abend mit ihm essen wolle. Wir verabredeten uns im *La Fontana*.

Niemand hat dem Waschbären einen Namen gegeben. An diesem brütendheißen Nachmittag ist es angenehm kühl in seiner Höhle, dem ausgehöhlten Stamm einer alten Eiche. Der Einzelgänger schläft. Trotzdem nimmt er noch die leisesten Geräusche wahr. Er kann sogar hören, wenn sich Regenwürmer durch das Erdreich graben. Mit so einem feinen Gehör muss man zwangsläufig über die Fähigkeit verfügen, lebenswichtige von nachrangigen Geräuschen unterscheiden zu können. Kampfschreie von Katern gehören für Waschbären zu den eher unbedeutenden Ereignissen. Aber der Waschbär erkennt Ludwigs Stimme. Und ist im Nu unterwegs. Er erreicht die beiden Kater, richtet sich hoch auf und stößt einen Warnschrei aus. Der getigerte Kater schaut sich irritiert um und zögert. Er braucht zwar nur den Bruchteil einer Sekunde, um die Lage einzuschätzen, aber Ludwig nutzt diesen winzigen Moment aus und schlägt seine Pfote mit aller Kraft gegen den Kopf des Gegners. Seine Krallen dringen tief in das rechte Auge des Getigerten ein, der vor Schmerz aufschreit und die Flucht ergreift.

Am ganzen Körper zitternd stößt Ludwig einen Triumphschrei aus. Dabei sprühen Blutstropfen durch die Luft. Die Reißzähne des Eindringlings haben seine Zunge verletzt. Der Waschbär tapst vorsichtig auf Ludwig zu, der sich heftig atmend auf die rechte Seite legt. Als der Bär vorsichtig beginnt, die offenen Wunden des Katers zu lecken, schnurrt Ludwig.

Alfred Höck saß unter der strohbedeckten Pergola im Hof des *La Fontana*. Ein leichter Wind machte die schwülwarme Luft erträglich. Nachdem wir mit Prosecco angestoßen und uns gegenseitig das Du angeboten hatten, erzählte ich ihm alles, was ich über den Mord an Jim Baker wusste. Ich sprach auch meinen Verdacht gegen Sabine Heinrich aus, musste allerdings zugeben, dass dieser auf sehr vage Indizien gründete. Vor allem auf einen Kater als mutmaßlichen Tatzeugen, der den Tod seines menschlichen Freundes rächen wollte und deshalb die Mörderin attackiert hatte!

Als ich meine Ausführungen beendet hatte, zog Alfred aus seinem Rucksack einen Klemmordner, in dem sich etwa fünfzig Blatt Papier befanden. Er überreichte ihn mir.

»Das ist die Kirchenchronik von 1849 bis 1899«, stellte ich nach kurzer Durchsicht fest. »Du liebe Güte, wie bist du daran gekommen? Die gilt doch als verloren, vernichtet, verschollen!«

Alfred wies darauf hin, dass es sich um eine Kopie handele.

»Das sehe ich auch«, sagte ich. »Und wo ist das Original?«

»Das wirst du bei Sabine Heinrich finden. Es sei denn, sie hätte es vernichtet, was ich aber nicht glaube. Hör zu, ich habe dir allerhand zu erzählen.«

Fünf Jahre nach dem Tod der Kramerin auf dem Scheiterhaufen heiratete der zu bescheidenem Wohlstand gekommene Krämer Hans Höck die Tochter einer angesehenen Familie aus Freienwalde. Die Frau gebar ihm weitere vier Kinder, zwei von ihnen starben allerdings in jungen Jahren. Zusammen mit seinem Sohn aus erster Ehe hatte er also drei Erben und Aussicht auf eine gute Zukunft. Allerdings war der Schatten der Vergangenheit auch in den folgenden Jahrzehnten und sogar Jahrhunderten nicht abzuschütteln. Ob Missernte oder Unfall, Hausbrand oder Hungersnot – bis zum Ende des neunzehnten Jahrhunderts gelang es den Nachfahren von Hans Höck nicht, den Ruf einer Hexenfamilie loszuwerden. Zumal der Angermünder Zweig der Höcks immer wieder lauthals betonte, nicht zur Hexenfamilie zu gehören.

Alfreds Ururgroßvater Waldemar Höck diente der

evangelischen Gemeinde in Bad Freienwalde bis 1902 als Küster. Während des Archivbrandes von 1899 entwendete er den Band der Kirchenchronik von 1849 bis 1899, der seitdem als vernichtet gilt. Er wollte mit diesem Diebstahl die Familienspuren der Höcks verwischen, damit niemand mehr mit Sicherheit sagen konnte, von welchem Familienzweig er abstammte.

Waldemar Höck übergab die Kirchenchronik seinem ältesten Sohn in einem vernähten Leinensack mit der Anweisung, das Paket nie zu öffnen und selbst zur gegebenen Zeit ebenso zu verfahren. So überdauerte das Buch bis in die heutige Zeit.

»Und wie ist Sabine Heinrich an das Buch gekommen und du an die Kopie?«

Alfred Höck schüttelte den Kopf.

»Das tut nichts zur Sache und geht niemanden etwas an. Wenn du dir die Chronik genau anschaust, wirst du herausfinden, dass Sabine Heinrich vom Familienzweig der Krämerin abstammt. Und sie weiß es. Sabine Heinrich hat außerdem Anschluss an einen Kreis moderner Hexen. Vielleicht hat sie Jim Baker umgebracht. Einiges macht sie verdächtig. Aber selbst mit der Chronik hast du keinen Beweis in der Hand.«

Ich bestellte noch eine Flasche Weißwein.

»Und du gehörst ebenfalls zur Familie von Hans Höck?«

»Selbstverständlich«, lachte Alfred. »Wir Buchhändler und Verleger gehören aber schon seit Gutenberg zur Schwarzen Kunst und sind stolz auf diese Tradition. Lass uns darauf trinken.«

Donnerstag

Nordöstlich des Baasees erstreckt sich das etwa 13 000 Jahre alte Baasee-Moor. In diesem unzugänglichen Gebiet hat der Waschbär fernab menschlichen Treibens seinen Schlafplatz gefunden. Die ausgehöhlte Eiche beherbergt nun einen weiteren Bewohner. Ludwig liegt schnurrend am Boden der Erdhöhle, während der Waschbär über seinen neuen Mitbewohner wacht. Im Morgengrauen hat er ihm sogar einen Fisch aus dem Baasee mitgebracht.

Am Nachmittag macht sich Ludwig allein auf Futtersuche. Seine Zunge ist noch geschwollen, blutet aber längst nicht mehr. Die Wunden an Flanke und Hinterlauf schmerzen, doch sie behindern ihn kaum noch. Er erlegt mühelos ein paar Mäuse und sogar eine Ratte. Als er zur Erdhöhle zurückkehrt, führt der Waschbär in der Sonne vor Freude einen kleinen Tanz auf.

Der weitere Verlauf der Ereignisse ist schnell erzählt. Gleich nach dem Frühstück rief ich Kommissar Schröder an, um ihn von meinem Verdacht zu berichten. Kurz nach zehn traf er in der Villa Regina ein. Als ich ihm das Foto vom Pentagramm an der Parkbank zeigte, murmelte er etwas von »Unterschlagung von Beweismitteln«, bat aber um sofortige Zusendung des Fotos. Eine Stunde später machte er sich auf, um Sabine Heinrich einen Besuch abzustatten. Zehn Minuten nach zwölf rief er mich zurück. Sie hätten die Tatwaffe im Haus gefunden, Sabine Heinrich sei überführt und geständig. Er informierte mich noch darüber, dass seine Dienststelle für siebzehn Uhr eine Pressekonferenz einberufen würde, und gab mir den wohlgemeinten Rat, sofort aus Bad Freienwalde zu verschwinden, denn es ließe sich ja kaum verheimlichen, dass ich maßgeblich zur Aufklärung des Verbrechens beigetragen habe.

Ich konnte mir das hektische Treiben in den Redaktionen der Boulevardzeitungen nach der Pressekonferenz gut vorstellen. Ein erfolgreicher Krimi-Autor, der einen Hexenmord in der Brandenburger Provinz aufgeklärt hatte – das würde Journalisten und Fotografen auf den Plan bringen. Ich telefonierte mit einem guten Bekannten, der in der Nähe von Basel einen kleinen Bauernhof besaß und machte mich dann umgehend ans Packen.

Freitag

Ludwig liegt schnurrend an einem Sonnenplatz in der Nähe des Schilfgürtels. Eine Brise weht leicht über den

See. Der Kater betrachtet fasziniert das Funkeln der Sonne auf der gekräuselten Oberfläche des Wassers. Die Stille hat ein Ende, als eine Gruppe Menschen in der nahe gelegenen Waldschänke eintrifft. Ihr Reden und Lachen dringt bis an den See hinunter. Ludwig macht sich auf den Weg in Richtung Süden, schlägt dabei aber einen weiten Bogen um die Menschen, bis nur noch die Geräusche des Waldes und der Vögel, des Windes und der anderen Tiere zu hören sind. Seine Wunden sind noch nicht verheilt, aber die Schmerzen hindern ihn nicht, eine ausgedehnte Erkundung zu unternehmen. Aufgeregt betritt der Kater das neue Terrain. Er kann keine frischen Spuren des getigerten Widersachers entdecken. Es wird eine Weile dauern, bis er jeden Winkel erforscht, seinen täglichen Rundgang festgelegt und die Orte seiner Markierungen ausgewählt hat.

Ludwig wird nicht mehr an den alten Schlafplatz zurückkehren, sondern sein Streifgebiet auf die andere Seite des Waldes verlagern. Die Höhle des Waschbären ist die neue Mitte seines Reviers. Bei seiner Rückkehr schläft der Waschbär noch. Ludwig tapst mit der rechten Pfote vorsichtig dessen Nase an. Aber der Waschbär brummt nur leise. Ludwig schmiegt sich an das warme Fell seines neuen Freundes und schließt die Augen.

Die Katze und der Tod

Auch der Tod sehnt sich hin und wieder nach Gesellschaft. Schließlich betreibt er das vergänglichste Geschäft der Welt. Dann nimmt er jedoch eine Gestalt an, die keinen Zweifel an seiner Identität lässt. Denn Verstellung oder gar Täuschung sind nicht sein Stil.

Die alte Katze, die sich ihr Leben lang als Streunerin durch die Welt geschlagen hat, suchte an diesem warmen Tag im Mai Schutz unter den Fliederbüschen, die im Lauf der Jahre ein verwaistes Baugrundstück fast vollständig erobert hatten. Wie aus dem Nichts tauchte plötzlich der Tod vor ihr auf, als schwarzer Kater mit rotfunkelnden Augen. Die alte Katze wusste sofort, mit wem sie es zu tun hatte.

»Es ist also an der Zeit«, stellte sie erschrocken fest.

»Ja, viel bleibt dir nicht mehr«, bemerkte der Tod freundlich und schnurrte leise, um die alte Katze zu beruhigen. Er hasst es, wenn sein Kommen Panik auslöst. Angst ist seiner Meinung nach eine völlig unangemessene Reaktion auf sein Erscheinen.

Die Katze atmete tief durch und stellte ihre Ohren auf. Noch einmal den süßen Geruch des Flieders genießen, das Geräusch seiner Blätter im Wind hören.

»Wie lange genau?«, fragte sie ergeben.

»Es gibt keinen Grund zur Eile«, antwortete der Tod. »Doch deine Zeit ist bemessen.«

»Zeit für eine Geschichte?«, fragte die Katze unsicher. Sie liebte es, Geschichten zu erzählen, hatte aber selten Zuhörer gefunden.

»Meinetwegen eine Geschichte, es ist deine Zeit«, antwortete der Tod ohne die Miene zu verziehen. In Wahrheit aber freute er sich auf eine Geschichte. Er mag nämlich Geschichten und legte sich erwartungsvoll in den weichen Sandboden.

Die Katze setzte sich auf und schlug den Schwanz mit elegantem Schwung um ihre Vorderpfoten. Ihr Leben war nicht besonders aufregend verlaufen. Deshalb fiel ihr nichts Eigenes ein. Aber sie erinnerte sich an Geschichten, die ihr andere Katzen erzählt hatten. Geschichten aus fernen Gegenden und längst vergangenen Zeiten. Geschichten, die sich Katzen nachts bei ihren geheimnisvollen Treffen erzählen. Sie erzählte also eine Geschichte aus grauer Vorzeit. Die berichtet von zwei Klosterkatzen, denen zu verdanken ist, dass sich Menschen zu Weihnachten beschenken. Der Tod amüsierte sich darüber sehr. So hatte er das merkwürdige Gebaren der Menschen zu Weihnachten noch nie betrachtet. *Von dieser alten Katze kann man allerhand lernen*, dachte er und schaute sie aufmunternd an.

So ermutigt erzählte die alte Katze, die im Gesicht

schon ergraut war, von einer jungen Katze und einem Pferd, deren Freundschaft dazu führte, dass das Rennpferd weltberühmt wurde. Für sportliche Ereignisse hat der Tod zwar prinzipiell nichts übrig, aber die ungewöhnliche Freundschaft rührte ihn. Natürlich hatte auch das tragische Ende der jungen Katze etwas damit zu tun, dass der Tod großen Gefallen an der Geschichte fand. Nun wollte der Tod noch mehr hören. Die alte Katze berichtete von einer unsterblichen Katze, deren Leben schließlich doch ein Ende fand. An diese Katze konnte sich der Tod sogar erinnern. Das war ein wirklich schwerer Fall gewesen. Aber auch für diese Katze hatte sich letztlich eine zufriedenstellende Lösung ergeben.

Als die alte Katze verstummte, blickte der Tod ungehalten auf. Gern würde er um eine weitere Geschichte bitten, denn er hatte selten ein Lebewesen getroffen, das so anschaulich und klug erzählen konnte. Doch die alte Katze kam ihm mit einer Frage zuvor.

»Wirst du mich zu Gott bringen?«

Der Tod war überrascht und putzte sich missmutig mit ruckartigen Kopfbewegungen die Brust. Normalerweise antwortet er auf derartige Fragen nicht. Aber im Fall der alten Katze wollte er aus Dankbarkeit eine Ausnahme machen.

»Zu Gott?«, fragte er nach kurzer Überlegung. »Den habe ich seit Äonen nicht gesehen.«

»Ja, aber wo ist Gott denn?«, fragte die alte Katze.

»Keine Ahnung«, antwortete der Tod. »Er hat sich, nachdem er die Welt erschaffen hat, verzogen. Für immer, soweit ich weiß. Die Welt hat er jedenfalls mir überlassen.«

Die alte Katze dachte nach.

»Dann bist du allein der Herrscher über Leben und Tod?«

»Nur über den Tod. Und das ist verdammt noch mal keine triviale Angelegenheit. Es gibt bei meinem Job keine Chance, Gerechtigkeit walten zu lassen. Aber genug davon. Erzähl mir bitte noch eine Geschichte, bevor ich dich mitnehme. Denn deine Zeit ist gleich abgelaufen.«

Die alte Katze hatte plötzlich eine Idee und senkte die Lider. Sie wollte verhindern, dass der Tod in ihren Augen sah, was ihr durch den Kopf ging.

»Ich kenne keine anderen Geschichten«, sagte sie mit trauriger Stimme. »Ich müsste mich erst umhören. Oder mir etwas ausdenken. Und um sich eine wirklich gute Geschichte auszudenken, braucht es seine Zeit. Das kannst du mir glauben.«

Der Tod schaute sie irritiert an. Dann überlegte er. Gott war weit weg. Und er der Herr über das Ableben. Dabei sollte zwar alles mit rechten Dingen zugehen. Nicht so willkürlich und korrupt, wie bei den Menschen. Ob aber irgendeine Katze früher oder später dahinging, war doch schließlich egal, oder? Während er nachdachte, zog er die Stirn in Falten und sein Schwanz peitschte unruhig hin und her. Ein so kniffliges Problem hatte sich ihm lange nicht gestellt. Er fand auf die Schnelle keine Lösung und beschloss, von der alten Katze noch eine Information einzuholen.

»Wie lange würdest du denn brauchen, sagen wir für zwei oder drei weitere Geschichten?«

Die alte Katze leckte sich bedächtig die Pfote. Sie wollte den Tod ein wenig auf die Folter spannen.

»Vielleicht ein Jahr?«, antwortete sie schließlich. »Ja, ein Jahr dürfte wohl ausreichen für zwei oder drei Geschichten. Eine kann ich mir in dieser Zeit bestimmt ausdenken, aber für eine oder zwei weitere müsste ich mich umhorchen.«

Der Tod schaute der alten Katze in die Augen und konnte weder List noch Täuschung in ihnen entdecken.

»Bist du sicher«, fragte er noch einmal nach, »dass du mir in einem Jahr zwei oder drei weitere Geschichten erzählen kannst?«

»Ich kann es dir nicht versprechen«, antwortete die alte Katze. »Denn erstens sind wir Katzen viel zu eigensinnig, um auf Bestellung termingerecht zu liefern. Das müsstest du doch wissen. Und zweitens kann man gute Geschichten nicht einfach aus den Schnurrhaaren zaubern. Aber wenn du mir ein weiteres Jahr lässt, werde ich mich anstrengen. Das kann ich dir auf jeden Fall versprechen.«

Mehr kann man von einer Katze wohl kaum erwarten, dachte der Tod. *Und warum nicht mal eine Ausnahme machen?*

»Dann verständigen wir uns darauf«, sprach der Tod endlich, »dass wir beide uns heute rein zufällig über den Weg gelaufen sind. Es gab keinen Grund für mich, dich zu treffen. Verstehst du? In einem Jahr aber, in genau einem Jahr, auf den Tag und auf die Stunde genau, werde ich dich aufsuchen. Und bevor ich dich mitnehme, wirst du mir wie heute zwei oder drei Geschichten erzählen. So sei es!«

Und der Tod verschwand so plötzlich, wie er gekommen war.

Die alte Katze legte sich schnurrend ins Gras und rollte sich glücklich auf ihrem Rücken von einer Seite auf die andere. Sie brauchte sich nun ein Jahr lang keine Sorgen zu machen, denn der Tod hielt seine Hand schützend über sie. Ein paar Geschichten hatte sie sowieso in petto. Dennoch würde sie in dieser Zeit, das nahm sie sich fest vor, ihre Ohren weit aufsperren. Vielleicht konnte sie ja irgendwo noch ein paar Geschichten aufsammeln. *Ich hatte ja keine Ahnung*, dachte sie beschwingt, *dass Geschichten so nützlich sein können.*

»Frauen sind wie Katzen: Beide kann man nur zwingen, das zu tun, was sie selber mögen.« ***Colette***

Frankreichs berühmteste Harfenistin nimmt bei ihren Katzen Musikunterricht, eine römische Dichterin gibt das erste Katzenporträt der Kunstgeschichte in Auftrag, eine Autorin aus der Schweiz reist mit ihrer Katze 3500 Kilometer von Südindien nach Tibet – diese Anthologie erzählt von der besonderen Beziehung zwischen Katzen und Frauen.

Von Katzen und Frauen. Ausgewählt von Detlef Bluhm.
insel taschenbuch 4212. 172 Seiten

Ein Geschenkbuch – nicht nur für Katzenfreunde

»Die Katze kennt ihre Aufgabe in der Menschenwelt sehr genau: sie macht das Alleinsein erträglich, sie verzeiht uns und kann uns so viel lehren: nicht als Kindersatz, nicht als Freundersatz, einfach als Katze.«
Eva Demskis Katzengeschichten zeigen die Katze, wie sie ist: listig, wachsam, hungrig, schmusig, intelligent und immer auf der Hut. Die eigens zu diesem Buch gezeichneten Katzen stellen die »elegante, gutangezogene Gesellschaft« so vor, wie es nur einer kann: Tomi Ungerer.

Eva Demski, Katzenbuch. Mit Abbildungen von Tomi Ungerer. insel taschenbuch 3654. 89 Seiten

Hat der Garten uns oder haben wir ihn?

Auf vielerlei Pfaden geht Eva Demski in ihrem Buch dem besonderen Verhältnis zwischen Mensch und Garten nach, sie erzählt vom Glück des Gelingens und von der Erschaffung eines Stücks Himmel auf Erden.
»Er hat mich mehr als einmal gerettet, der Garten: die Dinge zurechtgerückt, mich zum Lachen gebracht, wenn mir zum Heulen war. Er bereitet mir Niederlagen, aber er tröstet mich, wenn die Welt mir welche bereitet.«

»Schon lange nicht mehr war so ein anregendes, kluges und charmantes Buch über Garten und Gartenmenschen auf dem Büchermarkt.« *Frankfurter Allgemeine Zeitung*

Eva Demski, Gartengeschichten. Mit Bildern von Michael Sowa. insel taschenbuch 4003. 235 Seiten

Eine Wanderung durch Hesses Werk auf den bunten Spuren des Frühlings

»Es war Frühlingsbeginn. Über die runden, schöngewölbten Hügel lief wie eine dünne, lichte Welle das keimende Grün, die Bäume legten ihre Wintergestalt, das braune Netzwerk mit den scharfen Umrissen, ab und verloren sich mit jungem Blätterspiel ineinander und in die Farben der Landschaft als eine unbegrenzte, fließende Woge von lebendigem Grün.«
Hermann Hesse

Der »unendlich schöne« Frühling inspirierte Hermann Hesse zu einer Vielzahl an Gedichten und Betrachtungen, in denen er über den Zauber und die geheimnisvolle Aura des Frühlings sinnierte.

Hermann Hesse, Frühling. Ausgewählt von Ulrike Anders. insel taschenbuch 4117. Etwa 120 Seiten